新潮文庫

文豪ナビ 夏目漱石

新潮文庫編

新潮社版

7546

恋の満足を
味わっている人は
もっと暖かい声を
出すものです。
然《しか》し……
然し君、
恋は罪悪ですよ。
解《わか》っていますか。

——『こころ』

愛する人のためだったら自分のすべてを投げ捨てることができますか？

親友同士が一人の女性を愛してしまったとき、
あなたは愛する女性を手に入れる方を選びますか。
あえて親友に譲る方を選びますか。
そしてそれは、どちらが
友人のことを、彼女のことを
深く考えていることになるのでしょう。
『こころ』は
あなたの心の中に隠れた、
もう一人のあなたを引きずり出してくれます。

三角関係に苦しんだこと、ありますか。
好きなひとといるのに不安になること、ないですか。
恋愛と結婚は別、と思っていませんか。

そんなあなたに読んでほしい。

『こころ』

もう一人のあなたに出会ってしまう、ドキドキの小説

『こころ』早わかり → P26
声に出して読む → P90
エッセイ（三浦しをん） → P96
エッセイ（北村薫） → P104
作品の詳しい説明 → P135

漱石はマンガにもなってしまう。時代を超えて語りかけてくる作家、それが漱石だ。

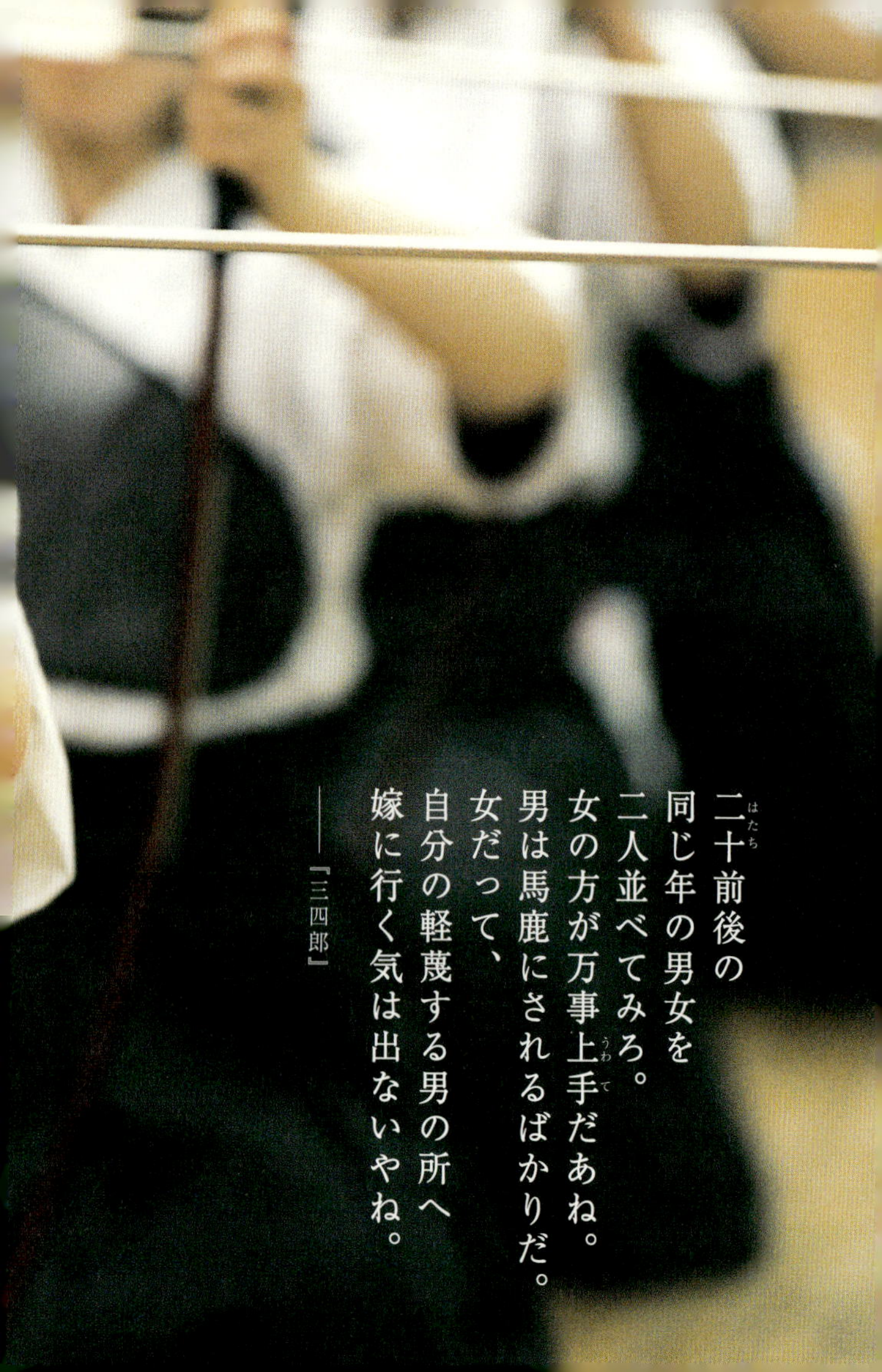

二十《はたち》前後の
同じ年の男女を
二人並べてみろ。
女の方が万事上手《うわて》だあね。
男は馬鹿にされるばかりだ。
女だって、
自分の軽蔑する男の所へ
嫁に行く気は出ないやね。

——『三四郎』

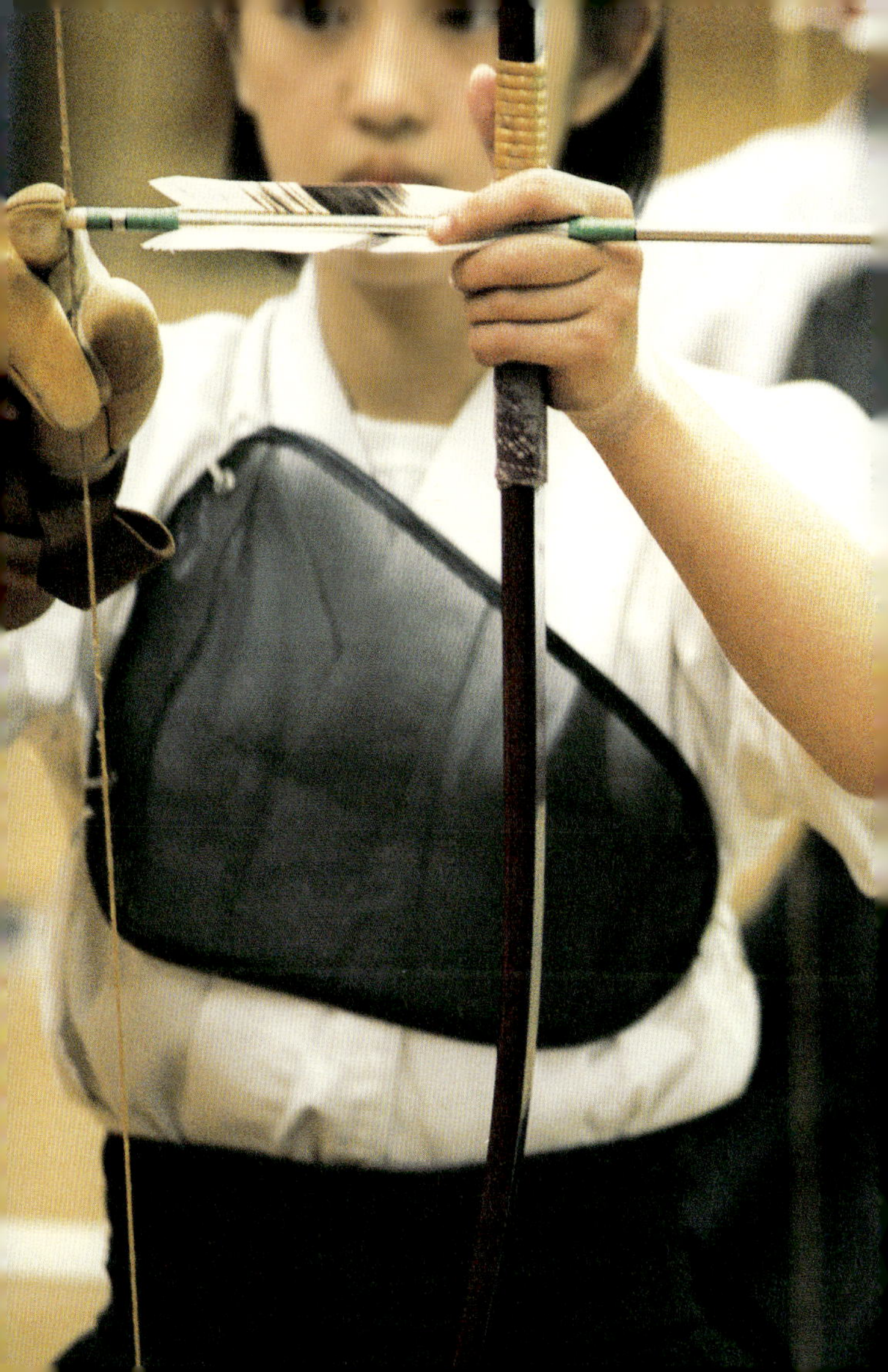

自分にしかできない何かがきっとある、といまも信じていますか？

青春はまばゆく、生命力にあふれ、
そして残酷なものです。
自分を模索し、可能性にチャレンジできる反面、
いろいろやって「自分にはこの才能はないんだ」
ということを自覚していく旅でもあります。
まっただなかのあなた、
『三四郎』とともに悩み、苦しみ、出会い、ときめき、
謳歌《おうか》してください。
かつて通り過ぎてきたあなた、
『三四郎』にあの日のあなたを見いだし、

二人の女性を同時に好きになったこと、ありますか。
思っていることの逆を口走ってしまうこと、ないですか。
青春のあの日あのことを、いまでも後悔していませんか。

そんなあなたに読んでほしい。

『三四郎』

TVのトレンディ・ドラマにしたい、ほろ苦青春小説

『三四郎』早わかり ➡ P22
声に出して読む ➡ P81
『三四郎』を歩く ➡ P119
作品の詳しい説明 ➡ P152

選ばなかったもう一つの道に
想いを馳《は》せてください。

漱石が好んだ「空也《くうや》」の最中は、今も銀座の名物。

死にますとも、と云いながら、
女はぱっちりと眼を開けた。
大きな潤《うるおい》のある眼で、
長い睫《まつげ》に包まれた中は、
只《ただ》一面に真黒であった。
その真黒な眸《ひとみ》の奥に、
自分の姿が鮮《あざやか》に浮かんでいる。

——『夢十夜』

こんなとき読みたい漱石❸

夢のなかで起こっていることが自分がほんとうに求めていること、そうは思いませんか？

何度もくり返し見る夢を、
誰もが一つくらいは持っているのだそうです。
その夢を見させるのは、
あなたの潜在意識？
誰かからの呼びかけ？
それとも遺伝子に刷り込まれた前世の記憶？
「こんな夢を見た」で始まる『夢十夜』は
あなたの無意識を、
読んだそのときから
意識させてしまう十の短い物語たちです。

死んだら何処《どこ》へ行くんだろう、と考えたこと、ありますか。
夢のなかで殺されそうになったこと、ないですか。
怖い話やホラー映画が、好きですか。

そんなあなたに読んでほしい。

『夢十夜』

油断してると、怖くて眠れなくなりますのでご用心

声に出して読む → P78
エッセイ(三浦しをん) → P99

必ず、夜ひとりで読んでください。

ピアニストの故グールドも漱石ファンだった。また、漱石の作品を朗読で楽しむのもいい。

文豪ナビ 夏目漱石
目次

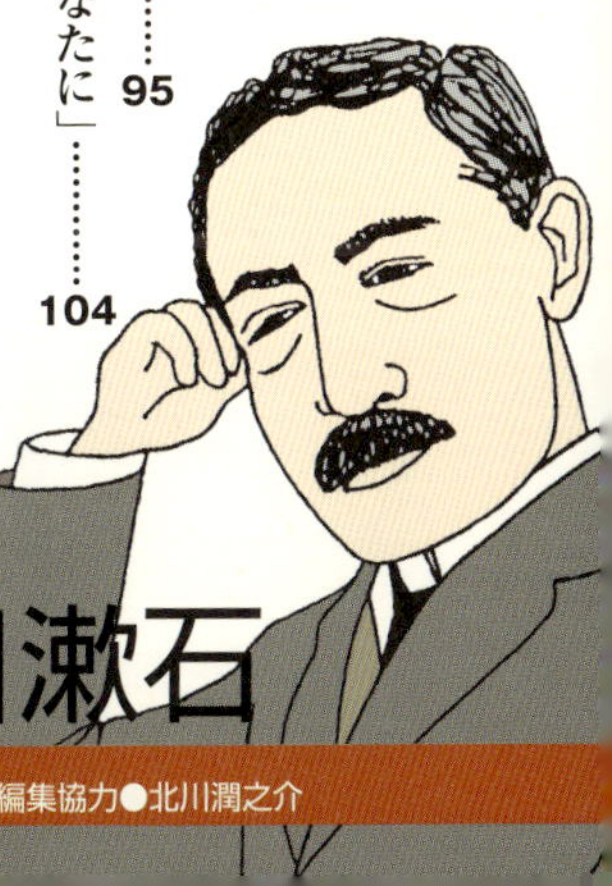

イラスト●野村俊夫　写真●広瀬達郎　編集協力●北川潤之介

5ページ写真

右／『「坊っちゃん」の時代―凜冽たり近代・なお生彩あり明治人』（関川夏央・原作／谷口ジロー・漫画）

左／新潮文庫『こころ』

9ページ写真

右／新潮文庫『三四郎』

左／〈空也もなか〉　〝空也〟は明治十七年創業の銀座の老舗。最中は『吾輩は猫である』にその名が登場している。

13ページ写真

右／CD『バッハ：ゴールドベルク変奏曲』（演奏／グレン・グールド）

中／新潮文庫『文鳥・夢十夜』（表題作の他に「永日小品」「思い出す事など」「ケーベル先生」「変な音」「手紙」を収録）

左／新潮CD『夢十夜』（朗読／鈴木瑞穂）

本書は書下ろしです。

超早わかり！漱石作品ナビ

入門はご存知「坊っちゃん」。実際に読んでみるとロールプレイングゲーム感覚で、止まらないんです、これが。

「三四郎」はちょっぴりほろ苦い青春恋愛小説。「それから」「門」も続けて読めば面白さ倍増!

坊っちゃん

三四郎
それから
門

彼《ひ》岸《がん》過《すぎ》迄《まで》
行《こう》人《じん》
こころ

夏目漱石 おすすめコース

結婚って何だろう。「こころ」を読むと誰でも考えちゃうらしい。教科書でちょっと読んだくらいじゃダメだけど。

うへん……

「吾輩は猫である」は大人の読み物なんだ。40歳過ぎたら、もう一度読んでみようかな〜。

草枕 ＜ 道草 ＜ 明暗 ＜ 吾輩は猫である ＜ 硝子《ガラス》戸《ど》の中《うち》

人はそう簡単に生まれ変われないし救われない。でも、やっぱり幸福にはなりたい〜。「道草」はそんな気分の小説なんだね。

あなたにピッタリの漱石作品は？

タイトルは有名だけど本当に面白いの？　どんなタイプの話かわかれば読む気になるんだけど……。「超早わかり！ 漱石作品ナビ」なら、あなたにピッタリの漱石が見つかります。

ひとつひとつ「門」をくぐって、あなただけの漱石に出会う旅

漱石が残したたくさんの名作は、一つ一つが、新しい世界へ読者を導く「門」のようだ。「生きる」ことの道程にそびえ立つ「門」。いくつもの門をくぐるうちに、自分のことが、漱石という人が、そして思うままにならぬ「生きる」ことの意味が、そこはかとなく分ってくる。たたけよ、さらば開かれん。

『坊っちゃん』は、痛快ハードボイルドＲＰＧ！

最初の入門は、ごぞんじ『坊っちゃん』から。男っぽい江戸っ子の「おれ」が、四国の松山を舞台にくりひろげる青春冒険物語。彼は熱っぽく、じかに読者に向かって話しかけるので、自分が主人公になった気分で、ぐんぐん引き込まれてしまうはず。

※颯爽《さつそう》とした快男児が、ばったばったと社会の悪を退治しての ける人情アクションか、はたまた正義感いっぱいの若者が旅に でて、恐ろしい怪物をやっつけて出発地点にもどってくるロー ルプレイングゲームといった感じ。憧《あこが》れのマドンナあり。とに かく、明るい。

登場人物は、赤シャツ、野だいこ、山嵐《やまあらし》、うらなり、などい ずれ劣らぬひとクセあるキャラクターがゾロゾロ。もしかした ら、みんな漱石の「分身」なのかもしれない。嫌みったらしい 赤シャツですら、自分でもイヤだなと思っている漱石本人のマ イナス・イメージの投影かもしれない。だとすれば、坊っちゃ んの赤シャツ退治は、「自分の心の善良さを保つために、自分 の心の中の邪悪を断つ話」とも読めるわけだ。とすれば、やや 深刻な話ともいえるか。

漱石はじっさい松山中学で英語の先生をしていた時期がある。 そのとき地元出身で大学の同級生・正岡子規が漱石を訪れてい

※熱血教師を主人公にした いわゆる「青春もの」は、 昔も今もドラマの定番で もある。『青春とはなん だ』『これが青春だ』に はじまり『熱中時代・教 師編』『GTO』などな ど。

『坊っちゃん』

10分で作品を読む ➡ P47
声に出して読む ➡ P69
作品の詳しい説明 ➡ P130
漱石を歩こう ➡ P121

る。漱石と子規は、掛け値なしの大親友。二人は、坊っちゃんと山嵐のように、「力を合わせて、文壇のワルを一掃しようぜ」と気炎を上げたこともあったんじゃないだろうか。その実現のためには、自分の心の中の汚点を見つめ、取り除く大手術が必要だった。それが、これから説明する漱石文学の傑作群だ。

『三四郎』は、ほろ苦い青春の恋愛
『それから』『門』は、連ドラばりの三角関係！

まずは三つの門を続けてくぐっていこう。前期三部作と呼ばれる『三四郎』『それから』『門』だ。漱石巡礼の最初の大きな山場といえる。

中でも、『三四郎』は心して、くぐりたい。ちょっぴりほろ苦く、切ない青春小説。※失恋で終わるのは、このタイプの小説の定番だよね。

※島尾敏雄『春の日のかげり』、島田雅彦『優しいサヨクのための嬉遊曲』などたくさん。

『三四郎』

声に出して読む ➡ P81
作品の詳しい説明 ➡ P152

主人公・小川三四郎は、九州から東京に出てきた。郷里には、お光さんというフィアンセ（のような女性）がいながら、東京で美禰子《みねこ》というタカビーで華やかな女性に憧れる。いわば「男の二股愛《ふたまた》」というところかしら。※※

三四郎は煮え切らない性格のうえ、人間関係を作り上げる能力に欠けている。異性とも、世界とも、うまく接触できない三四郎の青春のもどかしさ。「愛」も、広田先生という賢人から授かった「知」も、三四郎の人生を好転させせない。ケータイなどない明治時代には、男女は手紙などでコミュニケーションを取り合っていたが、せっせと手紙や伝言をもって駆け回る与次郎というクラスメートが、いい味を出している。が、三四郎は、与次郎のおせっかいも空《むな》しく、「恋愛小説の傑作」のヒーローになる絶好のチャンスを逃してしまう。

この美禰子はなかなかミステリアスな女性。彼女の本命は誰だったのか。読みながら推理してみるといい。これはけっこう

※※ スタンダール『赤と黒』、長嶋有『パラレル』などこれもたくさん。

悩みます。「女を書けなかった」という悪口のある漱石にしては、お見事な女性描写といえる。

つづいて、『それから』※。主人公の長井代助は親のすねかじりで、仕事もしない「高等遊民」。すなわち、「フリーター」ですらないプータロー。かつて変な勇気を発揮して、三千代という好きな女性を親友に譲った。でも、昔のカノジョが忘れられず、いまでは「人妻」となった三千代を愛してしまう。献身と自己犠牲によって他人を幸福にしてやろうとしたが、すべて裏目に出たのだ。善意の決断が、結果として皆の迷惑となるのは、よくある話。

結局、代助はあらゆる忠告も憎悪《ぞうお》も軽蔑《けいべつ》も無視して、三千代と二人で暮らそうとする。人にも社会にも背を向けた彼が、赤い火の色に包まれる場面で『それから』は終わる。

このあと二人はどうなっていくのか。登場人物の名前こそ違うが、まさに続編というべきが三部作最後の門、その名も『門』

『それから』

声に出して読む ➡ P85
作品の詳しい説明 ➡ P148
漱石を歩こう ➡ P120

※1985年映画化された。監督・森田芳光、主演はいまは亡き松田優作。ちなみに映画化された漱石の他の作品には、『坊っちゃん』（1977年、前田陽一監督・中村雅俊主演）、『吾輩は猫である』（19

だ。親友の妻を奪って再婚した男は、どういう結婚生活を送らねばならないか、という話。

好きで好きで、すべてをなげうって結婚した女性と幸せになれなかったとしたら、誰の責任なのか。漱石は、この難問を、後の作品『こころ』でも問いかけている。そう、漱石は、しつこかったのだ。同じテーマを何度も何度も飽きもせず、繰り返す。この執拗《しつよう》さが、彼を近代最大の文豪へと導いたといえるかもしれない。

幸せと不幸はおもてとうら
「後期三部作」は超リアル＆ドラマチック

引き続いて次なる三つの連続する門『彼岸過迄《ひがんすぎまで》』『行人《こうじん》』『こころ』を一気に走り抜けよう。

『彼岸過迄』は、煮え切らない須永と、積極的な従妹《いとこ》の千代子

75年、市川崑監督・仲代達矢主演)、『夏目漱石のこころ』(1955年、市川崑監督・森雅之主演)、『夏目漱石の三四郎』(1955年、中川信夫監督・山田真二主演) などがある。

との「幼なじみ」の恋を描いている。というと甘酸《あまず》っぱい味わいを想像しがちだが、どうしてちっともほのぼのとはしてないし、また結ばれもしない。恋愛に関して、漱石はなかなか手きびしい。

『行人』は、旅人という意味。人生という旅の途中で、旅人が「生きる」ことの意味をどんなに探し求めても、結局はみつからずに最後の日を迎えてしまう。長野一郎という知識人が陥っているのは、妻と弟の不義を疑うという三角関係※の泥沼。つらいなあ。漱石は、一人の女を愛してしまった男たちが苦しむのが、お好みらしい。

そして、いよいよ『こころ』※※。漱石文学の最大の関門だ。親友Kを裏切って好きな女性と結ばれた「先生」の不幸な結婚生活とその行く末が描かれている。たとえ親友二人が一人の女性を好きになっても、片一方が潔《いさぎよ》く身を引いてくれた場合、結婚した二人は「彼のぶんまで、私たちは幸せになろう」と決心す

※二人の男のあいだで揺れる女性を描いて大ヒット！　といえばTVドラマ『冬のソナタ』。逆に吉本ばななの『白河夜船』では、一人の男を愛してしまった二人の女（妻と愛人）が登場する。

※※瀬尾まいこ『図書館の神様』（マガジンハウス2003年）の一節。「いやあ。びっくりした。あの話（『こころ』）って、まじリアルでさあ、気持ち悪いんだもん。汗かい

ることだってあるはず。なぜこの二人は幸せになれないのか。なぜ自ら不幸をたぐり寄せてしまうのか。Kの自殺が原因なのか。どんなカップルだったら、幸福な夫婦になれるのか。疑問が次から次へと湧《わ》いてくる作品だ。

もしかしたら、人妻との不義密通とか、結婚以前の三角関係などの中にしか、「真実の愛」あるいは「愛の高揚」はないのかもしれない。では「結婚」とは何なのか？　ここはひとつあなたも、「結婚」の意味をじっくりと考えてみるといい。

とどのつまり、「先生」は自殺した。そのあと、一人残された「奥さん」は、どう生きるのだろうか。「私」は、「奥さん」を好きなのだろうか。『こころ』の「それから」を、あなたも心の中で創作してみてはどうだろう。そうすると、あなた自身がくぐらなければならない「人生の門」が見えてくるかもしれない。

ちゃった（中略）まあ、えぐさは『バトル・ロワイアル』に負けてたけど。でも、リアルさではここ最近でナンバーワンだったな」

『こころ』

声に出して読む ➡ P90
エッセイ（三浦しをん） ➡ P96
エッセイ（北村薫） ➡ P104
作品の詳しい説明 ➡ P135

富、地位、名誉、家庭の安楽がだいじですか
幸福はほんとうにそんなところにあるんですか

人生には、ここぞというターニング・ポイントがある。そのときくぐる門は、自分の意志で通りたい。絶対に他人から強制されて通りたくなんかないよね。でも自分はほんとうに自分がくぐるべき門をくぐってきているのだろうか。

「非人情の文学」などと標榜《ひょうぼう》される『草枕《※くさまくら》』には、現代の若者にも通じる切実なテーマが敷きつめられている。主人公は那《な》美《み》という風変わりな女性。那美は、風流な都の男と、金持ちの田舎の男の間で引き裂かれた過去を持つ。結局、金持ちと結婚したものの、離婚して実家に戻ってきた。すると今度は、口さがない世間が放っておかない。「三角関係に苦しんだ女は、水に飛び込んで死ぬべきだ」などと勝手な「良識」を言い立てて、那美を自殺に追い込もうとする。「恋に破れた女の自殺」とい

『草枕』

10分で作品を読む ➡ P57
声に出して読む ➡ P75
作品の詳しい説明 ➡ P143

※天才ピアニスト、グレン・グールドは『草枕』の熱心な愛読者だった。（横田庄一郎『「草枕」変奏曲～夏目漱石とグレン・グールド』朔北社1998年）

う門なんか絶対にくぐってやるものか、という戦いを那美は、歯を食いしばって続けている。

　那美が自殺しても、世間の人はその場だけ泣いてくれるが、すぐに忘れてしまうだろう。そんな「門」はくぐらない方がよい。では、どういう「門」ならば、自分から進んでくぐらなければならないのか。その門は、本当に自分を迎え入れてくれるのか。そして、どこへ通じている門なのか。

　ここいらへんで『道草』にたどりつく。

※※家庭生活での「愛」の不可能に悩み、近代日本社会の「金銭万能主義」の不毛と戦い、希望を託すべき「学問」の意味について、死ぬまで考え続けた漱石だが、ここでは、富・地位・名誉・家庭の安楽など、多くの近代人が追い求める「幸福の本筋」をそれてしまい、他人と交際したくないと願う「個人」の生き方を書いている。「個人」の「孤独」の自由を望み、だからこそ苦しむ人間の心を見つめている。

※※教科書に載ってたかもしれないけど中島敦「山月記」や、小林恭二『電話男』の主人公も同様に悩んでいる。

そう簡単に、人間は生まれ変われないし、救われない。このつらさにじっと耐える心強い人や、耐えきれずに目をそらしてしまう心弱い人、彼らの「かたづかない人生」や「ものたりない人生」を描き続けて、漱石は近代最大の文豪になった。「門をくぐれない人」を描くことで、近代文学の世界にそびえ立つ「門」を建てることに成功したのだ。

誰の気持ちがいちばんあなたに近いですか
『明暗』の登場人物共感度でわかるあなたのエゴ・レベル

彼が建てたたくさんの門のなかでも、ひときわ高いのが傑作『明暗』である。この最難関の長編こそ漱石文学の真骨頂なのだ！　ぜひ、チャレンジしてみよう。ドストエフスキーの『カラマーゾフの兄弟』や漱石の『明暗』を読んで、人間というものに絶望し、自力でかすかな希望を発見したくて「自分も小説

『明暗』

漱石を歩こう ➡ P119
作品の詳しい説明 ➡ P148

家になる」と決心した作家※は多い。

この小説には、たくさんの登場人物が出てくる。男も女も、みんながてんでんばらばらに「自分にとってだけ都合のいい人生のストーリー」を夢想し、願う。美しい願い。醜い願い。強い願い。消極的な願い。「自分は、こう生きたい」「あいつを、こう動かしたい」という思惑が入り乱れる。だから、誰の願いもかなわず、人間社会の全体はまとまりがなく、無秩序で、歪《ゆが》んだものとなる。一人の人間の心の中にも、互いに矛盾する複数の願いがばらばらにあるから、結局「かたづかない心」を持たされて、私たちは「ものたりない人生」を送らされることになる。むずかしくて、ややこしいよね、人生って。

妻のいる津田という男が、昔自分を捨てて友達と結婚した清子という女と再会する。これまで漱石が何回も使い回してきた三角関係のバージョンを土台にして、「人生」の意味を現在進行形で見つめ続けた『明暗』の新聞連載は、作者の死※※とともに

※歴史時代小説で活躍中の安部龍太郎もその一人。

※※74年ぶりに書き継がれた『続　明暗』は1990年刊行。水村美苗はこの作品で芸術選奨新人賞を受賞した。

未完のまま中絶される。

　これから先、どうなるのか。残された私たちは、その後をあれこれ予想する前に、まず読み終わったら、最後の「未完」と記されたページで、漱石先生の死を悼《いた》んで、手を合わせよう。東京の雑司ヶ谷※にある漱石の墓地まで行かなくても、『明暗』を読み通すことが彼への最大の供養《くよう》となる。

人生こなれてからがおもしろい
『猫』や『虞美人草』は奥が深いぞ

　さあ、漱石文学の頂点は極めた！　それでは少し道を戻って、まだくぐり抜けていないいくつかの門を見ておこう。
『吾輩は猫である』は、その取っつきやすさとは裏腹に、大人の読み物。「人生とは何か」というせっぱ詰まった思いに駆られているうちは、『猫』のおもしろみは堪能《たんのう》できないかもしれ

※雑司ヶ谷霊園には、文人の墓が多い。泉鏡花、永井荷風、サトウハチロー、竹久夢二、小泉八雲など。

『吾輩は猫である』

10分で作品を読む ➡ P36
作品の詳しい説明 ➡ P137

ない。猫の目で、風変わりな考え方をする人間たちが観察され、風刺され、笑われる。年齢を重ねるほどに、新しい『猫』に出会える逸品だ。

『虞美人草』※※は、難解な表現と、『坊っちゃん』風の単純な勧善懲悪のストーリーが結びついた不思議な作品。いつか楽しんで味わえるようになってもらいたい。

『坑夫』は、国民的文豪の名声をほしいままにする漱石の全作品の中でも、屈指の「不人気」小説。だからこそ、「この小説のおもしろみを発見したい。なぜ世間の人は、この小説のすばらしさがわからないのですか」という若い読者のチャレンジを、地下の漱石も待望しているに違いない。人と違うことを考えるのが好きな読者には、オススメ。

最後の門としてとっておいたのは、随想集『硝子戸の中』。ガラスドノウチと発音できれば、もう立派な漱石通。鴨長明が方丈の庵《いおり》に隠遁《いんとん》したように、漱石は狭い書斎にこもって自分の

※※『虞美人草』は朝日新聞連載中、一大センセーションを巻き起こした。首都圏のデパートでは「虞美人草ドレス」「虞美人草リング」などと銘打った商品を揃えた特別セールまで催された。1935年映画化。監督・溝口健二。

『硝子戸の中』

エッセイ（三浦しをん）➡ P99
作品の詳しい説明 ➡ P152
漱石を歩こう ➡ P115

人生と世の中を眺めている。淡々とした中に、深い哀《かな》しみやあきらめが感じられて、何とも言えない味がある。

ここまでで、「漱石文学の門めぐり」はひと通り終了。順を追って門をくぐるもよし。興味深い門に真っ先に駆けていくのもよし。あなたならではの「門めぐり」にトライしてみてください。そして、じっくりと読み、味わうこと。それがまさしく、漱石文学のほんとうの「入門」です。

木原武一

【きはら・ぶいち】

1941年東京都生まれ。東京大学文学部卒。文筆家。著書に『大人のための偉人伝』『父親の研究』『要約 世界文学全集Ⅰ・Ⅱ』、翻訳書に『聖書の暗号』などがある。

10分で読む「要約」夏目漱石

『吾輩は猫である』

吾輩は猫である。名前はまだ無い。どこで生れたか頓《とん》と見当がつかぬ。何でも薄暗いじめじめした所でニャーニャー泣いていた事だけは記憶している。ふと気が付いて見ると、沢山居った兄弟も、肝心の母親もいない。腹が減ってきた。何でもよいから食物《くいもの》のある所まであるこうと決心をして、竹垣の崩れた穴から、とある邸内にもぐり込んだ。下女が吾輩を何度もつまみ出したが、最後につまみ出されようとしたとき、この家の主人が出て来て、鼻の下の黒い毛を撚《ひね》りながら吾輩の顔を暫《しば》らく眺めておった。やがてそんなら内へ置いてやれといったまま奥へ這入《はい》ってしまった。かくして吾輩は遂《つい》にこの家を自分の住家と極《き》める事にしたのである。

吾輩の主人は教師だそうだ。学校から帰ると終日書斎に這入ったぎり殆《ほと》んど出てくる事がない。家のものは大変な勉強家だと思っている。然《しか》し吾輩は時々書斎を覗《のぞ》いて見るが、彼はよく昼寐をしている事がある。読みかけの本に涎《よだれ》をたらしている事もある。教師というものは実に楽なものだ。人間と生れたら教師となるに限る。

吾輩は人間と同居して彼等を観察すればする程、彼等は我儘《わがまま》なものだと断言せざるを得ない様になった。この主人は何にでもよく手を出し、俳句をやったり弓に凝ったり謡《うたい》を習ったりするが、どれもこれも物になっておらん。吾輩の住み込んでから一月ばかり後のある日、水彩絵具などを買って来て、絵をかく決心と見えた。「どうも甘《うま》くかけないものだね」と主人の苦沙弥《くしゃみ》が言うと、美学とかをやっているという迷亭は金縁の眼鏡越に主人の顔を見ながら「想像ばかりで画《え》がかけるものではない。昔《むか》し以太利《イタリー》の大家アンドレア・デル・サルトは、画をかくなら自然その物を写せと言った。天に星辰《せいしん》あり、地に露華《ろか》あり、飛ぶに禽《とり》あり、走るに獣《けもの》あり。池に金魚あり、枯木《こぼく》に寒鴉《かんあ》あり。自然はこれ一幅の大活画なり」と弁じた。

その翌日、迷亭の言葉が出鱈目《でたらめ》とは知らない主人は、先《ま》ず手初めに吾輩を写生の対象に選定した。吾輩は波斯《ペルシヤ》産の猫の如《ごと》く黄を含める淡灰色に漆の如き斑入《ふい》りの皮膚を有している。然るに主人の彩色を見ると、まるで似ても似つかぬ色である。ただその熱心には感服せざるを得ない。なるべくなら動かずにおってやりたいと思ったが、先《さ》っきから小便が催《もよ》うしている。最早《もはや》一分も猶予が出来ぬ仕儀となったから、のそのそ這い出した。すると主人は失望と怒りを掻《か》き交ぜた様な声をして「この馬鹿《ばか》野郎」

と怒鳴った。この主人は人を罵るときは必ず馬鹿野郎というのが癖である。外に悪口の言い様を知らないのだから仕方がないが、今まで辛棒した人の気持も知らないで、無暗《むやみ》に馬鹿野郎呼《よば》わりは失敬だと思う。

＊

元来人間が何ぞというと猫々と、事もなげに軽侮の口調を以《もっ》て吾輩を評価する癖があるは甚だよくない。餅屋は餅屋、猫は猫で、猫の事ならやはり猫でなくては分らぬ。いくら人間が発達したってこればかりは駄目である。況《いわ》んや吾輩の主人の如きは、相互を残りなく解するというが愛の第一義であるという事すら分らない男なのだから仕方がない。彼は牡蠣《かき》の如く書斎に吸い付いて、外界に向って口を開いた事がない。

吾輩が主人の膝《ひざ》の上で眼をねむりながらかく考えていると、門の格子《こうし》がチリン、チリリリリンと鳴る。しばらくすると下女が来て、寒月さんが年賀に御出《おいで》になりましたという。この寒月という男は主人の旧門下生であったそうで、よく主人の所へ遊びに来る。来ると自分を恋《おも》っている女が有りそうな、無さそうな、世の中が面白そうな、つまらなそうな、凄《すご》い様な艶《つや》っぽい様な文句ばかりを並べては帰る。あの牡蠣的主人がそんな談話を聞いて時々相槌《あいづち》を打つのが面白い。

「どうも好い天気ですな、御閑《おひま》なら御一所に散歩でもしましょうか、旅順が落ちたので市中は大変な景気ですよ」と寒月君に促されて、主人は思い切って立つ。両人《ふたり》が出て行ったあとで、吾輩は寒月君の食い切った蒲鉾《かまぼこ》の残りを頂戴《ちょうだい》した。蒲鉾の一切位頂戴したって人から彼これ云《い》われる事もなかろう。うちの御三《おさん》などはよく細君の留守中に餅菓子を失敬しては頂戴し、頂戴しては失敬している。

吾輩も新年の散歩に出ると、「あら先生、御目出度《おめでと》う」と、新道の二絃琴の御師匠さんの所の三毛子《みけこ》が尾を左へ振って挨拶《あいさつ》する。教師の家《うち》にいるものだから三毛子だけは吾輩を尊敬して先生々々といってくれる。「君を待つ間の姫小松……」御師匠さんが二絃琴を弾き出す。「宜《い》い声でしょう」と三毛子は自慢する。「全体何というものですか」「あれ？　あれは何とかってものよ。御師匠さんはもともとは身分が大変好かったんだって。いつもそう仰《おっ》しゃるの」「へえ元は何だったんです」「何でも天璋院《てんしょういん》様の御祐筆《ごゆうひつ》の妹の御嫁に行った先きの御っかさんの甥の娘なんだって」「何ですって？」

二絃琴の音がぱったりやむと、御師匠さんの声で「三毛や三毛やご飯だよ」と呼ぶ。三毛子は嬉《うれ》しそうに「あら御師匠さんが呼んでいらっしゃるから、私《あた》し帰るわ、よくって？」わるいと云ったたって仕方がない。

家へ帰ると座敷の中が、いつになく春めいて主人の笑い声さえ陽気に聞える。美学者迷亭君の事が話題になっているらしい。吾輩は話しを聞きながら、人間というものは時間を潰《つぶ》す為《た》めに強いて口を運動させて、可笑《おか》しくもない事を笑ったり、面白くもない事を嬉しがったりする外に能もない者だと思った。要するに主人も寒月も迷亭も太平の逸民で、糸瓜《へちま》の如く風に吹かれて超然と澄し切っている様なものの、その実はやはり娑婆気《しゃばけ》もあり慾気《よくけ》もある。

＊＊

格子戸のベルが飛び上る程鳴って「御免なさい」と鋭どい女の声がする。年は四十の上を少し超したくらいの女が、縮緬《ちりめん》の二枚重ねを畳へ擦り付けながら這入って来る。鼻が無暗に大きく、人の鼻を盗んで来て顔の真中へ据え付けた様に見える。この女が物を云うときは、鼻が口をきいているとしか思われない。吾輩はこの偉大なる鼻に敬意を表して、以来はこの女を称して鼻子鼻子と呼ぶ積りである。

「ちと伺いたい事があって、参ったんですが」と鼻子。「私はあの向う横丁の角屋敷の金田なんですが、実は宿《やど》が御話を伺うところですが、会社のほうが忙しいんですから。会社を二つも三つも兼ねているんです。それもどの会社でも重役なんで――」

ここの主人は博士とか大学教授というと非常に恐縮するが、実業家に対する尊敬の度は極めて低い。こんな変人が天《あめ》が下の一隅にいようとは鼻子は夢にも知らない。

「あなたの所へ水島寒月という男が度々上がるそうですが、あの人は全体どんな人でしょう」と、鼻子は金剛石《ダイヤ》入りの指環《ゆびわ》の嵌《はま》った指を、膝の上へ併《なら》べて云う。「寒月の事を聞いて、何にするんです」と主人は苦々しく云う。「やはり御令嬢の御婚儀上の関係で、寒月君の性行の一斑《いっぱん》を御承知になりたいという訳でしょう」と迷亭が気転を利《き》かす。

「寒月君は大学院では地球の磁気の研究をやっています」と主人が真面目《まじめ》に答える。「それを勉強すると博士になれましょうか」と鼻子。「博士にならなければ遣《や》れないと仰っしゃるんですか」と主人は不愉快そうに尋ねる。「ええ。只《ただ》の学士ならいくらでもありますから」と鼻子は平気で答える。

承る処《ところ》によれば、金田君は、義理をかく、人情をかく、恥をかく、の三角術で金をつくった実業家で、人を人と思わぬ病気があるそうだ。人を人と思わぬ位なら猫を猫とも思うまい。して見れば、如何《いか》なる盛徳の猫でも彼の邸内で決して油断は出来ぬ訳である。吾輩はその邸内に忍び込み、鼻子夫人が顔を洗うたんびに入念に鼻だけ拭《ふ》く事や、富子令嬢が安倍川餅《あべかわもち》を無暗に召し上がらるる事や、金田君自身が細君に似合わず鼻も背も低く、無暗に高い帽子と高い下駄を穿《は》くことなどを脳裏に留めた。

「金田某は何だい」と迷亭が熱弁を振っている。「紙幣《さつ》に眼鼻をつけただけの人間じゃないか。彼は一個の活動紙幣に過ぎんのである。活動紙幣の娘なら活動切手位な所だろう。翻《ひるがえ》って寒月君は如何《いかん》と見ればどうだ。辱《かたじ》けなくも学問最高の府を第一位に卒業して、毫《ごう》も倦怠《けんたい》の念なく長州征伐時代の羽織の紐《ひも》をぶら下げて、蛙《かえる》の眼球《めだま》の電動作用に対する紫外線の影響を研究しておる。迷亭一流の喩《たとえ》を以て寒月君を評すれば彼は活動図書館である。あんな釣り合わない女性《にょしょう》は駄目だ。百獣の中で尤《もっと》も聡明なる大象と、尤も貪婪《たんらん》なる子豚と結婚する様なものだ。そうだろう苦沙弥君」

＊＊＊

多々良《たたら》三平君はもとこの家《や》の書生であったが、今では法科大学を卒業してある会社の鉱山部に雇われている実業家の芽生《めばえ》である。

「奥さん。よか天気で御座ります」と唐津訛《なま》りか何かで細君に云う。「どうです、喰べてみなすったか、折れんように箱を誂《あつ》らえて堅くつめたから、長いままでありましたろう」

「ところが折角下すった山の芋《いも》を夕べ泥棒に取られてしまって」

「ぬす盗《と》が？　そげん山の芋の好きな男がおりますか」と三平君大《おおい》に感心している。

「着物をとられたので寒くていかん」と主人は大に銷沈《しょうちん》の体である。

「先生教師などをしておったちゃ到底あかんですばい。ちょいと泥棒に逢《あ》っても、すぐ困る――一丁今から考《かんがえ》を換えて実業家にでもなんなさらんか」

「先生は実業家は嫌だから、そんな事を言ったって駄目よ」と細君が傍から多々良君に返事をする。細君は無論実業家になって貰《もら》いたいのである。

「教師は無論嫌だが、実業家は猶《なお》嫌だ」と主人は何が好きなのか考えているらしい。

「嫌いでないのは奥さんだけですか」と多々良君、柄に似合わぬ冗談を云う。

「一番嫌だ」主人の返事は尤も簡明である。

「生きていらっしゃるのも御嫌なんでしょう」と細君は主人を凹ました積《つもり》で云う。

「先生も法科でも遣って会社か銀行へでも出なされば、今頃は月に三四百円の収入はありますのに、惜しい事で御座んしたな。あの鈴木藤十郎という工学士を知ってなさるか。あの男がいくら貰ってるとおもいなさる。盆暮に配当がついて、何でも平均四五百円になりますばい。先生はリーダー専門で十年一狐裘《こきゅう》じゃ馬鹿気ておりますなあ」

「実際馬鹿気ているな」と主人の様な超然主義の人でも、金銭の観念は普通の人間と異なるところはない。否《いな》困窮するだけに人一倍金が欲しいのかも知れない。

＊＊＊＊

ある日の午後、吾輩は例の如く椽側《えんがわ》へ出て午睡《ひるね》をして虎《とら》になった夢を見ていた。するといきなり主人が飛び出してきて、吾輩の腹を嫌と云うほど蹴《け》たから、おやと思ううち、忽《たちま》ち庭下駄をつっかけて、隣の落雲館中学の方へかけて行く。ぬすっとうと怒鳴る主人の声が聞える。見ると制帽をつけた倔強《くっきょう》な奴《やつ》が一人、ベースボールのボールを手に、四ツ目垣を乗り越え、韋駄天《いだてん》の如く逃げて行く。吾輩には見飽きた光景である。一日に何度も校庭から主人の庭に飛来するボールを拾いに生徒が垣根を越えて侵入する。そのたびに主人の出動となる。

「これからは表門から廻って御断りを致した上で取らせますから」と落雲館と協定成立して主人は安堵《あんど》した。ところが、今度は日に何度となく表の門ががらがらとあいて「一寸《ちょっと》ボールが這入りましたから、取らして下さい」とやってくる。これにはさすがの主人もなすすべがない。

吾輩の偵察によれば、これすべて金田の差し金で、金に頭をさげん男に実業家の腕を見せてやろうと、学校の生徒にやらせたのである。

「僕は不愉快で、どっちを向いても不平ばかりだ」と主人は、山羊《やぎ》の様な髯を生やした哲学者の八木独仙君の前に、あらゆる不平を挙げて滔々《とうとう》と述べ立てた。哲学者先生はだまって聞いていたが、ようやく口を開いて主人に説き出した。

「中学の生徒なんか構う価値があるものか。僕はそう云う点になると、西洋人より昔しの日本人の方が余程えらいと思う。向に檜《ひのき》があるだろう。あれが目障《めざわ》りになるから取り払う。とその向うの下宿屋が又邪魔になる。下宿屋を退去させると、その次の家が癪《しゃく》に触る。どこまで行っても際限のない話しさ。西洋人の遣り口はみんなこれさ。

ナポレオンでもアレキサンダーでも勝って満足したものは一人もないんだよ。心の落着は死ぬまで焦《あせ》ったって片付く事があるものか。自分で自由に出来るのは自分の心だけだ。心さえ自由にする修業をしたら、落雲館の生徒がいくら騒いでも平気なものではないか」

＊＊＊＊＊

「煙草《たばこ》でもですね、朝日や、敷島をふかしていては幅が利かんです」と云いながら、多々良三平君は吸口に金箔《きんぱく》のついた、埃及《エジプト》煙草を出して、すぱすぱ吸い出した。

「あなたが寒月さんですか。博士にゃ、とうとうならんですか。あなたが博士にならんものだから、私が貰う事にしました」

「博士をですか」

「いいえ、金田家の令嬢をです」

「どうか御遠慮なく」と寒月君が云うと、主人は「貰いたければ貰ったら、いいだろう」と曖昧《あいまい》な返事をする。

「このビール、お見やげで御座ります。前祝に角の酒屋で買《こ》うて来ました。一つ飲んで下さい」

主人は手を拍《う》って、下女を呼んで栓を抜かせる。主人、迷亭、独仙、寒月、東風の五君は恭《うやうや》しくコップを捧《ささ》げて、三平君の艶福《えんぷく》を祝した。

短い秋の日は暮れ、主人は夕食を済まして書斎に入る。妻君は肌寒《はださむ》の襦袢《じゅばん》の襟をかき合わせて、洗い晒《ざら》しの不断着を縫う。小供は枕《まくら》を並べて寝る。下女は湯に行った。

吾輩は猫と生れて人の世に住む事もはや二年越しになる。主人は早晩胃病で死ぬ。金田のじいさんは慾でもう死んでいる。秋の木の葉は大概落ち尽した。何だか気がくさくさして来た。三平君のビールでも飲んで景気をつけてやろう。二杯のビールを飲み、盆の上にこぼれたのも拭《ぬぐ》うが如く腹内に収めた。からだが暖かになり、何だかしきりに眠い。気がつくと、吾輩は大きな水甕の中にいる。水から縁までは四寸あまりもある。足をのばしても届かない。吾輩は死ぬ。死んでこの太平を得る。太平は死なければ得られぬ。南無阿弥陀仏《なむあみだぶつ》、南無阿弥陀仏、難有《ありがた》い難有い。

【編者からひとこと】

『御伽草子《おとぎぞうし》』の一篇「猫のさうし」で、「われは是天竺唐土《これてんじくとうど》に恐れをなす虎の子孫なり。日本は小国なり、国に相応してこれを渡さるゝ。その子細によって日本に虎これなし」と猫が言っている。猫は小型の虎だというわけである。「吾輩」が虎になった夢を見るのも理に叶《かな》っている。漱石も「吾猫も虎にやならん秋の風」と俳句に詠《よ》んでいる。「行く年や猫うづくまる膝の上」という句もある。

『坊っちゃん』

親譲りの無鉄砲で小供の時から損ばかりしている。小学校の時分、学校の二階から飛び降りて一週間程、腰を抜かした事がある。同級生が冗談に、いくら威張っても、そこから飛び降りる事は出来まい、弱虫やーい、と、囃《はや》したからである。

母が死んでからは、おやじと兄と三人で暮していた。兄とは仲がよくなかった。ある時、将棋をさしたら卑怯《ひきょう》な待駒をして、人が困ると嬉《うれ》しそうに冷やかした。あんまり腹が立ったから、手に在った飛車を眉間《みけん》へ擲《たた》きつけてやった。眉間が割れて血が出た。兄がおやじに言付けた。おやじがおれを勘当すると言い出した。その時、十年来召し使っている清という下女が、泣きながらおやじに詫《あやま》って、おやじの怒りが解けた。

清は「あなたは真《ま》っ直《すぐ》でよい御気性だ」と賞める事が時々あった。然《しか》しおれには清の云《い》う意味が分からなかった。おれは御世辞は嫌いだと云うと、婆《ばあ》さんはそれだから好い御気性ですと云っては、嬉しそうにおれの顔を眺めている。

母が死んで六年目におやじも亡《な》くなった。その年の四月におれはある私立の中学校を卒業した。商業学校を卒業した兄は、家屋敷を処分し、どうでも随意に使うがいいと六百円をおれに渡して、会社の口がある九州へ行った。おれは物理学校で三年間学び、四国辺のある中学校で数学の教師がいるという話に、行きましょうと即席に返事をした。これも親譲りの無鉄砲が祟《たた》ったのである。

＊

中学校の校長は薄髯《うすひげ》のある、色の黒い、眼の大きな狸《たぬき》の様な男である。まあ精出して勉強してくれと云って、恭《うやうや》しく大きな印の捺《おさ》った辞令を渡した。それから教育の精神について説き、生徒の模範になれの、一校の師表と仰がれなくてはいかんのと、法外な注文をする。そんなえらい人が月給四十円で遥々《はるばる》こんな田舎へくるもんか。到底あなたの仰《おつし》ゃる通りにゃ、出来ません、この辞令は返しますと云ったら、校長は狸のような眼をぱちつかせて、今のは只《ただ》希望であると云いながら笑った。

教員控所で教員に挨拶《あいさつ》した。そのなかに教頭のなにがしと云うのがいた。大学を卒業した文学士だそうで、この暑いのにフランネルの襯衣《シャツ》を着ている。それが赤シャツだから人を馬鹿《ばか》にしている。この男は年中赤シャツを着るんだそうだ。英語の教師に古賀とか云う大変顔色の悪るい男が居た。うらなりの唐茄子《とうなす》ばかり食べるからそうなるのだと云う。おれと同じ数学の教師に堀田《ほった》と云うのがいた。逞《たくま》しい毬栗坊主《いがぐりぼうず》で、叡《えい》山《ざん》の悪僧と云うべき面構《つらがま》えである。おれはこの坊主に山嵐《やまあらし》という渾名《あだな》をつけてやった。

一週間ばかりしたら学校の様子も一通りは飲み込めた。ある日、町を散歩していたら蕎麦屋《そばや》の看板が目についた。おれは蕎麦が大好きである。店の隅のほうに学校の生徒がいた。久しぶりの蕎麦で、旨《うま》かったから天麩羅《てんぷら》を四杯平らげた。翌日、教場へ這入《はい》ると、黒板に大きな字で、天麩羅先生とかいてある。おれの顔を見てみんなわあと笑った。おれは、天麩羅を食っちゃ可笑《おか》しいかと聞いた。すると生徒の一人が、然し四杯は過ぎるぞな、もし、と云った。次の教場へ出ると、一つ天麩羅四杯也《なり》。但《ただ》し笑う可《べか》らず。と黒板にかいてある。狭い町に住んでほかに何も芸がないから、天麩羅事件を日露《にちろ》戦争の様に触れちらかすんだろう。憐《あわ》れな奴等だ。

それから四日目の晩、温泉に行った帰りがけに、遊廓の入口にある、大変うまいと云う評判の店で団子を食ってみた。翌日、教場に這入ると、団子二皿七銭と書いてある。実際おれは二皿食って七銭払った。どうも厄介な奴等だ。二時間目には、遊廓の団子旨い旨いと書いてある。生徒全体がおれ一人を探偵している様に思われた。

学校には宿直があって、職員が代る代るこれをつとめる。宿直部屋は寄宿舎の西はずれの一室だ。寐巻《ねまき》に着換え、赤い毛布《けっと》を跳ねのけて、頓と尻持を突いて、仰向けになった。ああ愉快だと足をうんと延ばすと、何だか両足へ飛び付き、バッタが五六十飛び出した。漸《ようや》くの事でバッタを退治すると、今度は二階でどんどんと床板を踏み鳴らす音と、大きな鬨《とき》の声が起った。寄宿生の仕業である。

このバッタ事件と咄喊《とっかん》事件で、寄宿生は一週間の禁足になった上に、おれの前へ出て謝罪をした。謝罪をしなければその時辞職して帰るところだった。

＊＊

君釣りに行きませんかと赤シャツがおれに聞いた。赤シャツは気味の悪るい様に優しい声を出す男である。男なら男らしい声を出すもんだ。吉川君と二人ぎりじゃ、淋《さむ》しいから、来給《きたま》えとしきりに勧める。吉川君と云うのは、野だいこと渾名をつけた画学の教師だ。この野だは赤シャツのうちへ朝夕出入して、どこへでも随行して行く。釣りが下手だから行かないんだと邪推されるのも癪《しゃく》で、おれは行きましょうと答えた。

沖のほうに青嶋《あおしま》が浮いている。石と松ばかりの島だ。赤シャツはしきりにいい風景だと云ってる。野だは絶景でげすと云ってる。「あの松を見給え、幹が真直《まっすぐ》で、上が傘の様に開いてターナーの画にありそうだね」と赤シャツが云うと、野だは「全くターナーですね。どうもあの曲り具合ったらありませんね」と心得顔である。ターナーとは何の事だか知らないが、聞かないでも困らない事だから黙っていた。すると野だが、どうです教頭、これからあの島をターナー島と名づけようじゃありませんかと余計な発議《ほつぎ》をした。赤シャツはそいつは面白い、吾々《われわれ》はこれからそう云おうと賛成した。あの岩の上に、どうです、ラフハエルのマドンナを置いちゃ。いい画が出来ますぜと野だが云うと、マドンナの話はよそうじゃないかホホホホと赤シャツが気味の悪るい笑い方をした。マドンナだろうが、小旦那《こだんな》だろうが、勝手に立たせるがよかろう。

下宿の婆さんの話によると、マドンナはここらあたりで一番の別嬪《べつぴん》の御嬢さんで、うらなりの婚約者だったが、うらなりの暮し向きが急に思わしくなくなって、御輿入《おこしい》れが延びているところへ、赤シャツが割り込んできて、御嬢さんを手馴付《てなづ》けてしまったのだと云う。「それで古賀さんに御気の毒じゃやてて、御友達の堀田さんが教頭の所へ意見をしに御行き、それ以来、赤シャツさんと堀田さんは折合がわるいと云う評判ぞなもし」うらなり先生は在れども如《ごと》く、人質に取られた人形の様に大人しくしているが、こんな結構な男を捨てて赤シャツに靡《なび》くなんて、マドンナも余っ程気の知れないおきゃんだ。

ある日の事、赤シャツからおれの俸給を上げると云う話があった。

「幸い今度転任者が一人出来るから、その俸給から少しは融通が出来るかも知れないから、校長に話してみようと思うんですがね」

「どうも難有《ありがと》う。だれが転任するんです」

「古賀君です。半分は当人の希望で、日向《ひゅうが》の延岡《のべおか》へ一級俸《きゅうほう》上って行く事になりました」

下宿の婆さんにこの事を話すと、「そりゃあなた、大違いの勘五郎ぞなもし」と云う。本人の希望ではなく、赤シャツの画策らしい。赤シャツは嘘《うそ》つきの法螺《ほら》右衛門《えもん》だ。うらなり君の送別会があると云う日、おれは一番赤シャツの荒胆《あらぎも》を挫《ひし》いでやろうと考え付いて、山嵐を下宿に呼んだ。山嵐は、うらなりから話を聞いた時は、既にきまってしまって、校長に二度、赤シャツに一度談判してみたが、どうする事も出来なかったと話した。今度の事件は全く赤シャツが、うらなりを遠《とお》ざけて、マドンナを手に入れる策略なんだろうとおれが云ったら、山嵐は、無論そうに違ない、あんな奴にかかっては鉄拳《てっけん》制裁でなくっちゃ利《き》かないと、瘤《こぶ》だらけの腕をまくって見せた。

＊＊＊

日露戦争の祝勝会で学校は御休みだ。山嵐が話しにやって来た。今日は祝勝会だから、君と一所に御馳走《ごちそう》を食おうと思って牛肉を買って来たと、竹の皮の包を袂《たもと》から引きずり出して、座敷の真中へ抛《ほう》り出した。そいつは結構だと、すぐ婆さんから鍋《なべ》と砂糖をかり込んで、煮方に取りかかった。

「赤シャツは、ふた言目には品性だの、精神的娯楽だのと云う癖に、裏へ廻《まわ》って、芸者と関係なんかつけとる、怪《け》しからん奴だ。それもほかの人が遊ぶのを寛容するならいいが、君が蕎麦屋へ行ったり、団子屋へ這入るのさえ取締上害になると云って、校長の口を通して注意を加えたじゃないか」

「あの野郎の考じゃ芸者買は精神的娯楽で、天麩羅や、団子は物質的娯楽なんだろう」

「あいつを一番へこます為には、彼奴が芸者をつれて、温泉《ゆ》の町の角屋《かどや》という宿屋へ這入り込むところを見届けて置いて面詰するんだね」

しきりに赤シャツ退治の計略を相談していると、祝勝会の余興を見に行かないかと生徒が誘いに来た。誰かと思ったら赤シャツの弟だ。妙な奴が来たもんだ。

会場は大変な人出だ。田舎にもこんなに人間が住んでるかと驚ろいた位うじゃうじゃしている。そのうち評判の高知の何とか踴《おどり》が始まった。いかめしい後鉢巻《うしろはちまき》をして、立っ付け袴《ばかま》を穿《は》いた男が十人ばかりずつ、舞台の上に三列に並んで、その三十人が悉《ことごと》く抜き身を携《さ》げているには魂消《たまげ》た。隣りも後ろも一尺五寸以内に生きた人間が居て、その人間が太鼓のぼこぼん、ぼこぼんに合わせて一斉に刀を振り舞わす。

おれと山嵐が感心のあまりこの踴を余念なく見物していると、半町ばかり、向の方で急にわっと云う鬨《とき》の声がした。赤シャツの弟が飛んで来て、先生喧嘩です、中学の生徒と師範の奴と決戦を始めたところです、早く来て下さいと云った。おれは山嵐の後を追って、現場へ馳《か》けつけた。喧嘩は今が真最中である。止《よ》せ止《よ》せ。そんな乱暴をすると学校の体面に関わる。よさないかと、中に割って這入ったが、一二間這入ったら、出る事も引く事も出来なくなった。おれは、身長《なり》は小さくっても喧嘩の本場で修業を積んだ兄さんだと無茶苦茶に張り飛ばしたり、張り飛ばされたりしていると、やがて巡査だ巡査だ逃げろ逃げろと云う声がして、敵も味方も一度に引上げてしまった。

山嵐は紋付きの一重羽織をずたずたにして、鼻から血を流している。おれは頬《ほっ》ぺがぴりぴりして堪《たま》らない。大分血が出ているぜと山嵐が教えてくれた。

あくる日眼が覚めてみると、身体《からだ》中痛くて堪らない。新聞を開くと、昨日の喧嘩の事が出ていて、中学の教師堀田某《ぼう》と、近頃東京から赴任した生意気なる某とが、順良なる生徒を使嗾《しそう》してこの騒動を喚起したるものにて、当局者は相当の処分をこの無頼漢に加えるべしと書かれている。一字毎《ごと》に黒点を加えて、御灸《おきゅう》を据えた積りでいる。

教場へ出ると生徒は拍手を以て迎え、先生万歳と云うものが二三人あった。赤シャツは、新聞社に正誤の申し込みをすることにしたから心配しなくてもいいと云った。山嵐は、君赤シャツは臭いぜ、ああやって喧嘩をさせて置いて、すぐあとから新聞屋へ手を廻してあんな記事をかかせたんだ。実に奸物《かんぶつ》だと云った。

＊＊＊＊

それからしばらくして、山嵐が憤然とやって来て、いよいよ時機が来た、おれは例の計画を断行する積だと云う。今日校長室で、まことに気の毒だけれども、事情已《や》むを得んから処決してくれと云われたとの事だ。

山嵐は辞表を出し、職員一同に告別の挨拶をして、人に知れない様に、温泉の町の宿屋の表二階へ潜んで、障子へ穴をあけて覗《のぞ》き出した。最初の二晩はおれも十一時頃まで張番をしたが、赤シャツの影も見えない。七日目にはもう休もうかと思った。そこへ行くと山嵐は頑固なものだ。宵から十二時過までは眼を障子へつけて、角屋の瓦斯燈《ガスとう》の下を睨《にら》めっきりである。おれが行くと今日は何人客があって、泊りが何人、女が何人と色々な統計を示すのには驚ろいた。

八日目には七時頃から下宿を出て、先ず緩《ゆ》るりと湯に入って、それから町で腹ごしらえのために鶏卵を八つ買った。山嵐の座敷へ行くと、おい有望々々と韋駄天《いだてん》の様な顔は急に活気を呈した。七時半頃赤シャツの馴染《なじ》みの小鈴と云う芸者が角屋に這入ったと云う。そのうち帳場の時計が十時を打った。今夜もとうとう駄目らしい。

世間は大分静かになった。遊廓《ゆうかく》で鳴らす太鼓が手に取る様に聞える。すると、下《しも》の方から人声が聞えだした。二人の影法師が見える。「もう大丈夫ですね。邪魔ものは追っ払ったから」正しく野だの声である。「強がるばかりで策がないから、仕様がない」これは赤シャツの声だ。「あのべらんめえと来たら、勇み肌の坊っちゃんだから愛嬌《あいきょう》がありますよ」二人はハハハハと笑いながら、瓦斯燈の下を潜って、角屋の中へ這入った。

赤シャツの来るのを待ち受けたのはつらかったが、出て来るのを凝《じっ》として待ってるのは猶《なお》つらい。漸くの事でとうとう朝の五時まで我慢した。角屋から出る二人の影を見るや否《いな》や、おれと山嵐はすぐあとを尾《つ》け、町外れで追い付いた。「べらんめえの坊っちゃんた何だ」とおれは、袂《たもと》から玉子を取り出して、野だの面《つら》へ擲《たた》き付けた。山嵐は「貴様の様な奸物はなぐらなくっちゃ、答えないんだ」と赤シャツにぽかぽかと拳骨《げんこつ》を食わした。おれも野だを散々に擲き据えた。

おれは校長宛《あて》に辞表を郵便で出して、山嵐とこの不浄の地を離れた。

【編者からひとこと】

一人称の語り手によってしか情報の与えられない小説（『坊っちゃん』もそのひとつである）にたいして、読者には、その情報の信憑性《しんぴょうせい》を疑う楽しみがある。坊っちゃんの言うことをどこまで信じていいのか。思い違いはないのか。あまりに一方的な情報が多すぎるのではないか。疑問は多々ある。赤シャツの立場から書かれた『坊っちゃん』もあっていいのではなかろうか。

『草枕』

山路《やまみち》を登りながら、こう考えた。智《ち》に働けば角《かど》が立つ。情《じょう》に棹《さお》させば流される。意地を通せば窮屈だ。兎《と》角《かく》に人の世は住みにくい。住みにくさが高じると、安い所へ引き越したくなる。どこへ越しても住みにくいと悟った時、詩が生れて、画《え》が出来る。住みにくい所をどれほどか、寛容《くつろげ》て、束《つか》の間《ま》の命を、束の間でも住みよくせねばならぬ。あらゆる芸術の士は人の世を長閑《のどか》にし、人の心を豊かにするが故《ゆえ》に尊《たっ》とい。

世に住むこと二十年にして、住むに甲斐《かい》ある世と知った。三十の今日《こんにち》はこう思うている。喜びの深きとき憂《うれい》愈《いよいよ》深く、楽《たのし》みの大いなる程苦しみも大きい。これを切り放そうとすると身が持てぬ。片付けようとすれば世が立たぬ。余が欲する詩は、俗念を放棄して、しばらくでも塵界《じんかい》を離れた心持ちになれる詩である。こうやって、只《ただ》一人絵の具箱と三脚几《さんきゃくき》を担《かつ》いで春の山路《やまじ》をのそのそあるくのも全くこれが為めである。すこしの間《ま》でも非人情の天地に逍遥《しょうよう》したいからの願《ねがい》。一つの酔興だ。山を越えて落ちつく先の、今宵《こよい》の宿は那古井《なこい》の温泉場だ。

峠の茶店で休んでいると、じゃらんじゃらんと云《い》う馬の鈴が聴《きこ》え出した。

「源さんや、わたしゃ、あの那古井の温泉宿の御嬢さんの嫁入りのときの姿が、まだ眼前《めさき》に散らついている。高島田に桜の花が落ちて。あれからもう五年になる」

「矢張り此所《ここ》で休んで行ったな」

余は写生帖《ちょう》をあける。この景色は画にも詩にもなる。心に花嫁の姿を浮べる。衣装も髪も馬も桜もはっきり目に映じたが、花嫁の顔だけは、どうしても思いつけなかった。

「今度の戦争で、旦那様の勤めていた銀行がつぶれ、嬢様は那古井へお帰りになりました。世間では嬢様の事を不人情だとか、薄情だとか色々申します」

これからさきを聞くと、折角の趣向が壊れる。「御婆《おばあ》さん、那古井へは一筋道だね」と十銭銀貨を床几《しょうぎ》の上へかちりと投げ出して立ち上がる。

＊

宿に着いたのは夜の八時頃であった。何だか廻廊《かいろう》の様な所をしきりに引き廻されて、仕舞に六畳程の小さな座敷へ入れられた。

いつの間にか障子に月がさして、木の枝が二三本斜めに影をひたしている。冴《さ》える程の春の夜《よ》だ。誰か小声で歌をうたってる様な気がする。その声を追いかけて、われ知らず布団《ふとん》をすり抜けると共にさらりと障子を開けた。途端に自分の膝《ひざ》から下が斜めに月の光を浴びる。寐巻の上にも木の影が揺れながら落ちた。

あの声はと、耳の走る見当を見破ると、月の光を忍んで朦朧《もうろう》たる影法師が居た。あれかと思う意識さえ、確《しか》とは心にうつらぬ間《ま》に、黒いものは花の影を踏み砕いて右へ切れた。すらりと動く、脊《せい》の高い女姿を、棟の角が遮ってしまう。

一寸《ちょっと》腹が立つと仮定する。それを十七字にするや、自分の腹立ちが既に他人に変じている。一寸涙をこぼす。この涙を十七字にする。するや否《いな》やうれしくなる。これが平生《へいぜい》からの余の主張である。今夜もこれを実行して見よう。「海棠《かいどう》の精が出てくる月夜かな」などと試みているうちに、いつしか、うとうと眠くなる。

入口の唐紙がすうと開《あ》いた。あいた所へまぼろしの如く女の影がふうと現れた。まぼろしは戸棚の前でとまる。戸棚があく。白い腕が袖をすべって暗闇《くらやみ》のなかにほのめいた。戸棚が又しまる。入口の唐紙がひとりでに閉《た》たる。

耳元にきさっと女の笑い声がしたと思ったら眼がさめた。風呂場《ふろば》へ下りて、五分ばかり湯壺《ゆつぼ》のなかで顔を浮かしていた。濡れたまま上って、風呂場の戸を内から開ける。「御早う。昨夕《ゆうべ》はよく寐られましたか。さあ、御召しなさい」と、戸を開けるのと同時にこの言葉がきて、余の脊中に着物がかけられた。余と三歩の隔りに立つ、体《たい》を斜めに捩《ねじ》って、後目《しりめ》に余が驚愕《きょうがく》と狼狽《ろうばい》を心地よげに眺めている女の顔は、不幸に圧《お》しつけられながら、その不幸に打ち勝とうとしている顔だ。不仕合《ふしあわせ》な女に違《ちがい》ない。

＊＊

夕暮の机に向う。宿に客は余一人のみ。今日は一層《ひとしお》静かである。主人も、娘も、下女も、知らぬ間《ま》に、われを残して、立ち退《の》いたかと思われる。

余が心は只《ただ》春と共に動いている。あらゆる春の色、春の風、春の物、春の声を打って、固めて、練り上げて、それを蓬萊《ほうらい》の霊液に溶いて、桃源の日で蒸発せしめた精気が、知らぬ間に毛《け》孔《あな》から染《し》み込んで、心が知覚せぬうちに飽和されてしまったと云いたい。この境界《きょうがい》を画《え》にして見たらどうだろうと考えた。色、形、調子が出来て、自分の心が、ああ此所に居たなと、忽《たちま》ち自己を認識する様にかかなければならない。

写生帖《ちょう》を机の上へ置いて、両眼が帖《じょう》のなかへ落ち込むまで、工夫したが、とても物にならん。余が眼を転じて、入口を見たとき、奇麗なものが襖《ふすま》の影に半分かくれかけていた。一分と立たぬ間に、影は反対のほうからあらわれて来た。振袖姿《ふりそですがた》のすらりとした女が、音もせず、二階の椽側《えんがわ》を寂然《じゃくねん》と歩行《ある》いて行く。余は覚えず鉛筆を落して、鼻から吸いかけた息をぴたりと留めた。しとやかに行《ゆ》き、しとやかに帰る振袖の影は、余の座敷から六間《けん》の中庭を隔てて、重き空気のなかに見えつ、隠れつする。寒い。手拭《てぬぐい》を下げて、湯壺へ下る。ふわり、ふわりと魂がくらげの様に浮いている。世の中もこんな気になれば楽なものだ。分別の錠前を開けて、執着《しゅうじゃく》の栓張《しんばり》をはずす。

突然風呂場の戸がさらりと開《あ》いた。やがて階段の上に何物かあらわれた。広い風呂場を照すものは、只一つの小さき釣り洋燈《ランプ》のみである。黒いものが一歩を下へ移した。何とも知れぬものの動いた時、余は女と二人、この風呂場の中に在る事を覚《さと》った。

女の影は遺憾なく、余が前に、早くもあらわれた。すらりと伸《の》した女の姿を見た時は、只ひたすらに、うつくしい画題を見出《みいだ》し得たとのみ思った。ふっくらと浮く二つの乳の下には、しばし引く波が、又滑らかに盛り返して下腹の張りを安らかに見せる。輪廓は次第に白く浮きあがる。と思う刹那《せつな》に、緑の髪は、波を切る霊亀《れいき》の尾の如くに風を起し、白い姿は階段を飛び上る。ホホホホと鋭どく笑う女の声が、廊下を遠退《とおの》く。

＊＊＊

宿の近くの鏡が池へ来て見る。余は草を茵《しとね》に太平の尻《しり》をそろりと卸《おろ》した。袂《たもと》から烟草《たばこ》を出して、寸燐《マッチ》をシュッと擦る。

向う岸の暗い所に椿《つばき》が咲いている。ぱっと燃え立つ様で、思わず、気を奪《と》られた。余は深山《みやま》椿を見る度にいつでも妖女《ようじょ》の姿を連想する。あの花の色は唯の赤ではない。

黒ずんだ、毒気《どくき》のある、恐ろし味を帯びている。見ていると、ぽたり赤い奴《やつ》が水の上に落ちた。静かな春に動いたものは只この一輪である。しばらくすると又ぽたり落ちた。あの花は決して散らない。かたまったまま枝を離れる。落ちても固まっている所は、何となく毒々しい。又ぽたり落ちる。ああやって落ちているうちに、池の水が赤くなるだろうと考えた。又一つ大きいのが血を塗った、人魂《ひとだま》の様に落ちる。又落ちる。ぽたりぽたりと落ちる。際限なく落ちる。

こんな所へ美しい女の浮いている所をかいたら、どうだろうと思いながら、又烟草を呑《の》んで、ぼんやり考え込む。温泉場《ゆば》の御嬢さんの那美《なみ》さんはどうか。あの顔を種にして、あの椿の下に浮かせて、上から椿を幾輪も落とす。それが画《え》でかけるだろうか。那美さんの顔が一番似合う様だ。然《しか》し何だか物足らない。何が物足らないのか。

色々考えた末、漸くこれだと気が付いた。那美さんの表情には憐《あわ》れの念が少しもあらわれておらぬ。そこが物足らぬのである。ある咄嗟《とっさ》の衝動で、この情があの女の眉宇《びう》にひらめいた瞬時に、わが画は成就《じょうじゅ》するであろう。然し、何時《いつ》それが見られるか解《わか》らない。あの女の顔に普段充満しているものは、人を馬鹿《ばか》にする微笑《うすわらい》と、勝とう、勝とうと焦《あせ》る八の字のみである。あれだけでは、とても物にならない。

折角絵の具箱まで持ち出した以上、今日は義理にも下絵をとって行こうと、余の双眼が危巌《きがん》の頂きに達したるとき、余ははたりと画筆《えふで》を取り落した。夕日を脊に、楚然《そぜん》として織り出されたる女の顔は、――花下に余を驚かし、まぼろしに余を驚ろかし、振袖に余を驚かし、風呂場に余を驚かしたる女の顔である。女はしなやかなる体軀《たいく》を伸《の》せるだけ伸して、高い巌《いわお》の上に一指も動かさずに立っている。

余は覚えず飛び上った。女はひらりと身をひねる。帯の間に椿の花の如く赤いものが、ちらついたと思ったら、既に向うへ飛び下りた。

＊＊＊

色は刹那《せつな》に移る。一たび機を失すれば、同じ色は容易に眼には落ちぬ。余が今見上げた山の端《は》には、滅多にこの辺で見る事の出来ない程な好《い》い色が充《み》ちている。

襖をあけて、椽側へ出ると、向うに那美さんが立っている。顋《あご》を襟のなかへ埋めて、横顔だけしか見えぬ。余が挨拶《あいさつ》を仕様と思う途端に、女は右の手を風の如く動かした。閃《ひらめ》くは稲妻か、閃めきはすぐ消えた。女の左り手には九寸五分の白鞘《しらさや》がある。姿は忽ち障子の影に隠れた。余は朝っぱらから歌舞伎座《かぶきざ》を覗《のぞ》いた気で宿を出る。

あの女を役者にしたら、立派な女形が出来る。あの女は家のなかで、常住芝居をしている。あんなのを美的生活とでも云うのだろう。あの女の所作を芝居と見なければ、薄気味がわるくて一日も居たたまれん。

道を登り切ると、山の出鼻の平な所へ出た。椽側から見たときは画になると思った景色も、いざとなると存外纏《まと》まらない。何時しか描く気がなくなった。どっかと尻を卸すと、眼に入《い》らぬ陽炎《かげろう》を踏み潰《つぶ》した様な心持ちがする。いい心持ちで、顔の前の木瓜《ぼけ》の花を見詰めていると、エヘンと云う人間の咳払《せきばらい》が聞えた。声の方を見ると、茶の中折れ帽子を被《かぶ》り、髯面《ひげづら》の野武士の様な面構えの男があらわれた。すると、又ひとりの人物が、余が視界に点出された。女である。

二人は春の山を脊に、春の海を前に、ぴたりと向き合った。女は那美さんである。女の右手《めて》は帯の間へ落ちた。するりと抜け出たのは、九寸五分かと思いの外、財布の様な包み物である。男は手を出して財布を受け取り、二人は左右へ分かれる。雑木林の入口で男は一度振り返った。女は後をも見ぬ。すらすらと、こちらへ歩行《ある》いてくる。

「先生、先生」と二声掛けた。「何をそんな所でして入《い》らっしゃる」

「詩を作って寐ていました」

「うそを仰《おっ》しゃい。今のを御覧でしょう」

「ええ。少々拝見しました」

「あの男は別れた亭主で、日本に居られないからって、私に御金を貰《もら》いに来たのです。それで、何でも満洲《まんしゅう》へ行くそうです」

＊＊＊＊

那美さんの従弟《いとこ》の久一さんが召集されて満洲へ行くと云うので、川舟で停車場《ステーション》まで見送る。舟のなかに坐《すわ》ったものは、久一さんと、その伯父で宿の主人の老人、那美さん、那美さんの兄さん、荷物の世話をする源兵衛、それから余である。

「餞別《せんべつ》に短刀なんぞ貰うと、一寸戦争に出て見たくなりゃしないか」と那美さんが妙な事を聞く。「そうさね」と久一さんが軽《かる》く首肯《うけが》う。

「死ぬばかりが国家の為めではない。わしもまだ二三年は生きる積りじゃ。まだ逢《あ》える」と老人の言葉は、尻が細くなって、末は涙の糸になる。

「先生、わたくしの画をかいて下さいな」と那美さんが注文する。

「わたしもかきたいのだが、どうも、あなたの顔はそれだけじゃ画にならない」

「御挨拶です事。持って生れた顔だから仕方がありませんわ」

舟は町らしいなかへ這入る。一行は舟を捨てて停車場《ステーション》に向う。愈《いよいよ》現実世界へ引きずり出された。汽車の見える所を現実世界と云う。汽車程二十世紀の文明を代表するものはあるまい。何百と云う人間を同じ箱へ詰めて轟《ごう》と通る。人は汽車へ乗ると云う。余は積み込まれると云う。人は汽車で行くと云う。余は運搬されると云う。

「愈御別かれか」と老人が云う。車掌が、ぴしゃりぴしゃりと戸を閉《た》てながら、此方《こちら》へ走って来る。やがて久一さんの車室の戸もぴしゃりとしまった。未練のない鉄車の音がごっとりごっとりと調子を取って動き出す。久一さんの顔が小さくなって、最後の三等列車が、余の前を通るとき、窓の中から、又一つ顔が出た。

茶色の中折帽の下から、髯だらけな野武士が名残《なご》り惜気《おしげ》に首を出した。そのとき、那美さんと野武士は思わず顔を見合せた。野武士の顔はすぐ消えた。那美さんは茫然《ぼうぜん》として、行く汽車を見送る。その茫然のうちには不思議にも今まで見た事のない「憐れ」が一面に浮いている。

「それだ！　それだ！　それが出れば画《え》になりますよ」

と余は那美さんの肩を叩きながら小声に云った。余が胸中の画面はこの咄嗟の際に成就したのである。

【編者からひとこと】

漱石の大好物は羊羹《ようかん》にちがいない。那美さんが御茶請けに持ってきた羊羹についてこんな感想が記されている。「余は凡《すべ》ての菓子のうちでもっとも羊羹が好《すき》だ。あの肌合が滑らかに、緻密《ちみつ》に、しかも半透明に光線を受ける具合は、どう見ても一個の美術品だ」と。また、羊羹の盛られた青磁の鉢を、「ほとんど羊羹に対して遜色《そんしょく》がない」と言っている。稀有《けう》の羊羹好きでなければ出てこない言葉である。

齋藤 孝

【さいとう・たかし】

1960年静岡県生まれ。東京大学法学部卒。同大学院教育学研究科博士課程を経て、明治大学文学部教授。専門は教育学、身体論、コミュニケーション技法。

声に出して読みたい夏目漱石

「腹の中」作家――夏目漱石

漱石の文体はテンポがいい。さすが落語好きだっただけのことはある。ノリが良くて読みやすい。「近代的自我の孤独」といった深刻そうな問題を扱っている作品でも、文体がふっと柔らかくテンポが良くなるときがある。読んでいてすっと心が引き寄せられる文体だ。

漱石はまさに「声に出して読みたい文豪」だ。日本を代表する国民的作家と言えば、どうしたって漱石になる。それだけの質と量を兼ね備えている。現代の日本人でも、ほとんど問題なく読み進めることができるのも魅力だ。漱石は近代の日本語を教育した近代日本語の父だ。

私は最近「音読破」運動というのを始めた。一冊の本を読破したときは気分がいい。

「読破感」は自信につながる。それを音読でやったならば自信は倍増、三倍増になる、と考えた私は、小学生に『坊っちゃん』を音読で読破してもらった。音読破したら、その事実を忘れることはない。からだに音読したときの体感が残る。からだに染《し》み込ませておけば、格段に後での活用度も高くなる。

かけ算の九九のように、『坊っちゃん』を皆が音読破していたら、日本語力のベースは格段にアップする。

それではまず江戸っ子の坊っちゃんが四国の松山の教師になり初めて授業をした日のところから音読してみよう。

最初のうちは、生徒も烟《けむ》に捲《ま》かれてぼんやりしていたから、それ見ろと益《ます》々《ます》得意になって、べらんめい調を用いてたら、一番前の列の真中《まんなか》に居た、一番強そうな奴《やつ》が、いきなり起立して先生と云《い》う。そら来たと思いながら、何だと聞いたら、「あまり早くて分からんけれ、もちっと、ゆるゆる遣《や》って、おくれんかな、もし」と云《い》った。おくれんかなもしは生温《なまぬ》るい言葉だ。

言葉のテンポがずれまくっているのがおもしろい。坊っちゃんはさすが坊っちゃんと言われるだけあって大人げない。中学生のいたずらにいちいちムキになる。そば屋で天ぷらそばを四杯もたいらげた日の翌日には、黒板にこう書かれた。

「翌日天麩羅《てんぷら》四杯也《なり》。但《ただ》し笑う可《べか》らず。」

これはなかなか傑作だ。臨機応変なアレンジがきいている。大人ならここで生徒たちをほめ殺しにして、毒気を抜いてやるところだ。坊っちゃんは一本気な性格の気持ちいい人間だが、少々器が小さい。腹に何も隠しておけないので、悪口がポンポン出てしまう。宿直の夜に布団《ふとん》の中にイナゴを入れられたときの話も面白い。何でバッタを入れた、と問い詰める坊っちゃんに生徒が「そりゃ、イナゴぞな、もし」とやりこめる。

「篦棒《べらぼう》め、イナゴもバッタも同じもんだ。第一先生を捕《つら》まえてなもした何だ。菜飯《なめし》は田楽《でんがく》の時より外に食うもんじゃない」とあべこべに遣《や》り込めてやったら「なもしと菜飯《なめし》とは違うぞな、もし」と云《い》った。いつまで行ってもなもしを使う奴《やつ》だ。

私は方言こそ日本語の宝だと思っている。方言には人間の肌触りがあるからだ。感覚が生き生きと息づいている。ここでも、松山の方言と江戸弁がずれているのがおもしろみになっている。それぞれの方言には、それぞれの身体性が染み込んでいる。言葉がずれるだけではない。からだがずれるのだ。坊っちゃんはこのズレに敏感だ。坊っちゃんが悪口を言うほど、松山は読者にとって魅力的に思えてくる。坊っちゃんの立て板に水のような悪口を一つ。赤シャツのことを山嵐《やまあらし》に向かって言う場面だ。

「ハイカラ野郎だけでは不足だよ」
「じゃ何と云《い》うんだ」
「ハイカラ野郎の、ペテン師の、イカサマ師の、猫被《ねこかぶ》りの、香具師《やし》の、モモンガーの、岡っ引きの、わんわん鳴けば犬も同然な奴《やつ》とでも云《い》うがいい」

腹芸など全くできない坊っちゃんの単純さが楽しい。
漱石を音読しているときの楽しみは、今時は使わない古い言葉遣いが漱石の「癖」として出てくることだ。たとえば、高知の刀を激しく振り回す踊りを見たときの場面にもおもしろい言葉遣いがたくさん出てくる。

いかめしい後鉢巻《うしろはちまき》をして、立っ付け袴《ばかま》を穿《は》いた男が十人ばかりずつ、舞台の上に三列に並んで、その三十人が悉《ことごと》く抜き身を携《さ》げているには魂消《たまげ》た。

「たまげた」は魂が消えるほど驚いたということなのであった。大和言葉と漢字が出会うとおもしろいことになる。このほかつい使ってみたくなる言葉として「頗《すこぶ》る」と「甚《はなは》だ」がある。この踊りの調子をとっている太鼓打ちの「ぼこぼん先生」は、こう描写される。

歌は頗《すこぶ》る悠長《ゆうちょう》なもので、夏分《なつぶん》の水飴《みずあめ》の様《よう》に、だらしがないが、句切りをとる為《た》めにぼこぼんを入れるから、のべつの様《よう》でも拍子《ひょうし》は取れる。この拍子《ひょうし》に応じて三十人の抜き身がぴかぴかと光るのだが、これは又頗《すこぶ》る迅速《じんそく》な御手際《おてぎわ》で、拝見していても冷々《ひやひや》する。

漱石先生、頗る快調である。

聞いてみると、これは甚《はなは》だ熟練のいるもので容易な事では、こう云《い》う風に調子が合わないそうだ。ことにむずかしいのは、かの万歳節《まんざいぶし》のぼこぼん先生だそうだ。三十人の足の運びも、手の働きも、腰《こし》の曲げ方も、悉《ことごと》くこのぼこぼん君の拍子《ひょうし》一つで極《き》まるのだそうだ。傍《はた》で見ていると、この大将が一番呑気《のんき》そうに、いやあ、はああと気楽にうたってるが、その実は甚《はなは》だ責任が重くって非常に骨が折れるとは不思議なものだ。

「頗る」や「甚だ」といった言葉をおもしろいと感じ始めると、漱石の作品は二度おいしくなる。また出てきたと丸をつけながら読んでしまう。作家の口癖を真似《まね》するのは楽しい。

では次にもう少し格調の高いよく知られた名文に移ろう。『草枕』の冒頭はよく知られている。

山路《やまみち》を登りながら、こう考えた。

智《ち》に働けば角《かど》が立つ。情《じょう》に棹《さお》させば流される。意地を通せば窮屈《きゅうくつ》だ。兎《と》角《かく》に人の世は住みにくい。

住みにくさが高《こう》じると、安い所へ引き越したくなる。どこへ越しても住みにくいと悟《さと》った時、詩が生れて、画《え》が出来る。

人の世を作ったものは神でもなければ鬼でもない。矢張り向う三軒両隣りにちらちらする唯《ただ》の人である。唯《ただ》の人が作った人の世が住みにくいからとて、越す国はあるまい。あれば人でなしの国へ行《ゆ》くばかりだ。人でなしの国は人の世よりも猶《なお》住みにくかろう。

子どもでもつい暗誦《あんしょう》してしまいたくなる、うまい書き出しだ。『草枕』は、つい画に描きたくなる一瞬がテーマだ。

『草枕』では、漱石の文明批判も聞くことができる。また、この作品にはお那美《なみ》さんという不思議な色っぽさを持った女性が出てくる。お那美さんは自分の画を描いてくれと「私」に頼むが、もう一つ画にならないと言われてしまう。

「こんな一筆《ひとふで》がきでは、いけません。もっと私《わたくし》の気象《きしょう》の出る様《よう》に、丁寧にかいて下さい」

「わたしもかきたいのだが。どうも、あなたの顔はそれだけじゃ画《え》にならない」

「御挨拶《ごあいさつ》です事。それじゃ、どうすれば画《え》になるんです」

「なに今でも画《え》に出来ますがね。只《ただ》少し足りない所がある。それが出ない所をかくと、惜《お》しいですよ」

「足りないたって、持って生れた顔だから仕方がありませんわ」


那美さんは美人だがそれだけでは何かが足りない。その何かが、もとの亭主が戦争に行く別れの場面であらわれる。

鉄車はごとりごとりと運転する。野武士の顔はすぐ消えた。那美《なみ》さんは茫然《ぼうぜん》として、行く汽車を見送る。その茫然《ぼうぜん》のうちには不思議にも今まで嘗て見た事のない「憐《あわ》れ」が一面に浮いている。

「それだ！　それだ！　それが出れば画《え》になりますよ」

と余は那美《なみ》さんの肩を叩《たた》きながら小声に云《い》った。余が胸中の画面はこの咄嗟《とっさ》の際に成就《じょうじゅ》したのである。


文明批判のくだりに出てくる汽車が舞台になっている。さすが漱石、細かな芸だ。朗読して美しさがはっきりする文章としては、『夢十夜』の第一夜目もすばらしい。小学生に朗読してみたところ大人気だった。短いし読みやすさも抜群だ。まず冒頭からして上手《うま》い。


こんな夢を見た。

腕組《うでぐみ》をして枕元《まくらもと》に坐《すわ》っていると、仰向《あおむき》に寝た女が、静かな声でもう死にますと云《い》う。女は長い髪を枕《まくら》に敷いて、輪郭《りんかく》の柔《やわ》らかな瓜実《うりざね》顔《がお》をその中に横たえている。真白《まつしろ》な頬の底に温かい血の色が程《ほど》よく差して、唇《くちびる》の色は無論赤い。到底《とうてい》死にそうには見えない。然《しか》し女は静かな声で、もう死にますと判然《はっきり》云《い》った。自分も確《たし》かにこれは死ぬなと思った。そこで、そうかね、もう死ぬのかね、と上から覗《のぞ》き込《こ》む様《よう》にして聞いてみた。

もう、たまらないですね。この女の美しさと男のボケっぷりのギャップが。きれいな女がもう死にますと言っているのに「そうかね、もう死ぬのかね」と答える男は相当ぼけている。まあ、夢の中だからしょうがないとも言えるが、漱石の小説に出てくる男は女に比べてかなりぼけているのが多い。神経が過敏なようでいてどこか現実感覚が薄いのだ。男に比べて女は大概しっかりしている。この夢の女も言うことがはっきりしている。

「死んだら、埋《う》めて下さい。大きな真珠貝《しんじゆがい》で穴を掘って。そうして天から落ちて来る星の破片《かけ》を墓標《はかじるし》に置いて下さい。そうして墓の傍に待っていて下さい。又逢《またあ》いに来ますから」

このボケッとした迂闊《うかつ》な男にはもったいないほどの言葉だ。男は女の言葉通り、幾日も幾日も待った。そのうち女の言っていたことは嘘《うそ》じゃなかろうかと疑い出した。そのとき、石の下から茎が伸びてきた。

見る間に長くなって丁度《ちょうど》自分の胸のあたりまで来て留まった。と思うと、すらりと揺《ゆら》ぐ茎の頂《いただき》に、心持首を傾《かたぶ》けていた細長い一輪の蕾《つぼみ》が、ふっくらと瓣《はなびら》を開いた。真白な百合《ゆり》が鼻の先で骨に徹《こた》える程匂《にお》った。そこへ遥《はるか》の上から、ぽたりと露《つゆ》が落ちたので、花は自分の重みでふらふらと動いた。自分は首を前へ出して冷たい露《つゆ》の滴《したた》る、白い花瓣《はなびら》に接吻《せっぷん》した。

この後締めの言葉が続くのだが、それは『文鳥・夢十夜』で確認してみてください。私は何度も声に出して読み返しているが、実に気持ちのいい名文だ。

さて次に三部作とも言われる『三四郎』『それから』『門』の中から『三四郎』の名場面を見てみたい。熊本の高等学校を卒業した三四郎が東京の大学に入学してくる。三四郎の初々《ういうい》しさが心地いい青春小説だ。物語の冒頭から三四郎はいきなりウブぶりを発揮する。東京に行く列車の中、女と知り合う。二人とも名古屋で途中下車して一泊することになる。女の申し出で一緒の宿屋に、しかも同じ部屋に泊まることになる。成り行きとは言いながら、なかなか男と女としていい雰囲気になってきた。しかし、三四郎はびびってしまい何もできずに夜明けを迎えた。そして別れを迎えた場面。

三四郎は革鞄《かわかばん》と傘《かさ》を片手に持ったまま、空《あ》いた手で例の古帽子《ふるぼうし》を取って、只一言《ただひとこと》、

「さよなら」と云《い》った。女はその顔を凝《じっ》と眺《なが》めていた、が、やがて落付いた調子で、

「あなたは余《よ》っ程度胸《ぽどどきょう》のない方ですね」と云《い》って、にやりと笑った。

三四郎はプラット、フォームの上へ弾《はじ》き出された様《よう》な心持がした。車の中へ這入《はい》ったら両方の耳が一層熱《ほて》り出した。


すっかりやられてしまっている。お勉強は得意でも、世の中（男女の仲）のことはからっきしだめだ。一人でこんなつぶやきをするしかない。

別れ際《ぎわ》にあなたは度胸《どきよう》のない方だと云《い》われた時には、喫驚《びつくり》した。二十三年の弱点が一度に露見した様《よう》な心持であった。親でもああ旨《うま》く言い中《あ》てるものではない。……

漱石の小説の主人公は、漱石自身がそうだったように、書斎で本を読むような男が多い。勉強はできるのだが、世の中とずれている人間が多い。三四郎の場合は若い分だけ世間知らずが魅力にも見える。大学に入っても、都会の女性里見美禰子《さとみみねこ》にすっかりやられてしまう。ある日三四郎は美禰子と二人きりで歩くチャンスを得た。美禰子が気分が悪くなったというので、二人で草の上に腰を下ろした。ここまではラッキーな展開だ。気の利《き》いた会話でもできればいいのだが、三四郎にはそんな芸当ができない。すぐに気詰まりになって、自分から帰ろうと言いだしてしまう。

「もう気分は宜くなりましたか。宜くなったら、そろそろ帰りましょうか」

美禰子《みねこ》は三四郎を見た。三四郎は上げかけた腰を又草の上に卸《おろ》した。その時三四郎はこの女にはとても叶《かな》わない様《よう》な気が何処《どこ》かでした。同時に自分の腹《はら》を見抜かれたという自覚に伴う一種の屈辱《くつじょく》をかすかに感じた。

「迷子《まいご》」

女は三四郎を見たままでこの一言を繰返した。三四郎は答えなかった。

「迷子《まいご》の英訳を知っていらしって」

三四郎は知るとも、知らぬとも言い得ぬ程に、この問を予期していなかった。

「教えて上げましょうか」

「ええ」

「迷える子《ストレイシープ》――解《わか》って？」


「ストレイシープ」この言葉の意味が三四郎にはぴったりとは分からない。この時以来、この言葉が三四郎の中で渦巻き続ける。美禰子に謎《なぞ》をかけられたようだ。授業中にもノートにストレイシープと何度も書いてしまう。誰が迷子なのだろう。自分か、美禰子か、それとも二人ともか。ノートに文字を書きながら女のことを考え続けるところが、なんとも三四郎の初々しい魅力だ。まあ、女がこの初々しさをいつまでも気に入っているかどうかは別問題だが。

『それから』の代助《だいすけ》になると、もう大分すれている。代助は三十になるが定職も持たずぶらぶらしている。父親から援助を受けている。相思相愛の仲にあった三千代《みちよ》を友人の平岡に譲ってしまう。平岡の妻になった三千代と再会すると、改めて自分が三千代を深く愛していたことを自覚した。代助が平岡の家を訪ね、三千代と二人きりになると、二人の間に押さえきれない感情がわき上がる。代助は急用があるから来て欲しいという手紙を三千代に出した。そしてこう言った。

「僕《ぼく》の存在には貴方《あなた》が必要だ。どうしても必要だ。僕《ぼく》はそれだけの事を貴方《あなた》に話したい為《ため》にわざわざ貴方《あなた》を呼んだのです」……………三千代《みちよ》がそれに渇いていなかったのも事実であった。代助《だいすけ》の言葉は官能を通り越して、すぐ三千代《みちよ》の心に達した。三千代《みちよ》は顫《ふる》える睫毛《まつげ》の間から、涙を頰の上に流した。

あれこれと言わなくてもしっかりと心で相手の真意をつかまえることのできる女。代助ならずともこれでは心が動くのも無理はない。しかも、三千代はただおとなしいだけの女ではない。腹を据える力もある。

………三千代《みちよ》は不意に顔を上げた。その顔には今見た不安も苦痛も殆《ほと》んど消えていた。涙さえ大抵《たいてい》は乾《かわ》いた。頬の色は固《もと》より蒼《あお》かったが、脣《くちびる》は確《しか》として、動く気色《けしき》はなかった。その間から、低く重い言葉が、繋《つな》がらない様《よう》に、一字ずつ出た。

「仕様《しよう》がない。覚悟を極《き》めましょう」

代助《だいすけ》は背中から水を被《かぶ》った様《よう》に顫《ふる》えた。社会から逐《お》い放たるべき二人の魂は、ただ二人対《むか》い合って、互《たがい》を穴の明《あ》く程眺めていた。そうして、凡《すべ》てに逆《さから》って、互《たがい》を一所《ひとところ》に持ち来たした力を互《たがい》と怖《おそ》れ戦《おのの》いた。


代助は自分が先に言わなければいけないことを、三千代にはっきりと言葉にされてしまった。このあたりのビビり方は、なかなか技になっている。代助が躊躇《ちゅうちょ》するところに、三千代は鋭く踏み込み、いっそう美しさを際立《きわだ》たせる。代助が親から勘当され金の心配をしているときも、三千代は強い。

「貴方《あなた》はこれから先どうしたら好いと云《い》う希望はありませんか」と聞いた。

「希望なんか無いわ。何でも貴方《あなた》の云《い》う通りになるわ」

「漂泊――」

「漂泊でも好いわ。死ねと仰《おつ》しゃれば死ぬわ」

代助《だいすけ》は又ぞっとした。

これでは完璧《かんぺき》に度胸の差が付いてしまっている。理屈は言うが腹の据わらない男と、あまり多くを語らないが度胸の据わった女。この組み合わせは漱石の小説の魅力だ。代助は平岡にすべてを話す。しかしこの決断は代助には荷が重かったらしく一人になって乗った電車の中で訳が分からなくなってしまう。このラストシーンは真っ赤っかで印象的だ。

「ああ動く。世の中が動く」と傍《はた》の人に聞える様《よう》に云《い》った。彼の頭は電車の速力を以《もっ》て回転し出した。回転するに従って火の様《よう》に焙《ほて》って来た。これで半日乗り続けたら焼き尽《つく》す事が出来るだろうと思った。

忽《たちま》ち赤い郵便筒《ゆうびんづつ》が眼に付いた。するとその赤い色が忽《たちま》ち代助《だいすけ》の頭の中に飛び込んで、くるくると回転し始めた。傘《かさ》屋の看板に、赤い蝙蝠傘《こうもりがさ》を四つ重ねて高く釣《つ》るしてあった。傘《かさ》の色が、又代助《だいすけ》の頭に飛び込んで、くるくると渦《うず》を捲《ま》いた。四つ角に、大きい真赤《まっか》な風船玉を売ってるものがあった。電車が急に角を曲るとき、風船玉は追《おっ》懸《かけ》て来て、代助《だいすけ》の頭に飛び付いた。小包郵便を載せた赤い車がはっと電車と摺《す》れ違うとき、又代助《だいすけ》の頭の中に吸い込まれた。烟草《たばこ》屋の暖簾《のれん》が赤かった。売出しの旗も赤かった。電柱が赤かった。赤ペンキの看板がそれから、それへと続いた。仕舞《しまい》には世の中が真赤《まっか》になった。そうして、代助《だいすけ》の頭を中心としてくるりくるりと焰《ほのお》の息を吹いて回転した。代助《だいすけ》は自分の頭が焼け尽《つ》きるまで電車に乗って行《ゆ》こうと決心した。

『こころ』の「先生」もまた、心の中にこうした苦悩を抱え込んだ人間だ。先生は若いころ友人のKを裏切って出し抜き、下宿先の娘さんを手に入れる。友人のKは絶望し自殺した。そのショックから世の中を離れて暮らすようになった先生のところに、学生の「私」が訪ねてくるようになる。

「私は淋《さび》しい人間ですが、ことによると貴方《あなた》も淋《さび》しい人間じゃないですか。…………」
「私はちっとも淋《さむ》しくはありません」
「若いうち程淋《さむ》しいものはありません。それなら何故貴方《あなた》はそう度々私の宅《うち》へ来るのですか」

先生の過去を知りたがる単純な「私」に対して、先生は自分の過去を語る決心をする。そのときの先生の問い詰め方が印象的だ。

「私は死ぬ前にたった一人で好いから、他《ひと》を信用して死にたいと思っている。あなたはそのたった一人になれますか。なってくれますか。あなたは腹《はら》の底から真面目《まじめ》ですか」

「私」は「真面目です」と答えたものの圧迫を感じた。先生は自分の過去を手紙に書き命を絶った。

「その極《きょく》あなたは私の過去を絵巻物のように、あなたの前に展開してくれと逼《せま》った。私はその時心のうちで、始めて貴方《あなた》を尊敬した。あなたが無遠慮に私の腹《はら》の中から、或《ある》生きたものを捕《つら》まえようという決心を見せたからです。私の心臓を立ち割って、温かく流れる血《ち》潮《しお》を啜《すす》ろうとしたからです。その時私はまだ生きていた。死ぬのが厭《いや》であった。それで他日《たじつ》を約して、あなたの要求を斥《しり》ぞけてしまった。私は今自分で自分の心臓を破って、その血をあなたの顔に浴《あび》せかけようとしているのです。私の鼓動が停《とま》った時、あなたの胸に新らしい命が宿る事が出来るなら満足です」

漱石の小説は「腹の中」をテーマにして読むと分かってくるものが多い。この先生も「腹の中」にある思いを、腹から腹へ伝える形で青年の「腹の中」へ埋め込もうとしている。漱石の自伝的小説とも言われる『道草』も夫婦同士の「腹の中」のさぐり合いのようなものだ。先生の最後のメッセージもまた「腹の中」についての願い事だ。

「妻が己《おの》れの過去に対してもつ記憶を、なるべく純白に保存して置いて遣《や》りたいのが私の唯一《ゆいいつ》の希望なのですから、私が死んだ後《あと》でも、妻が生きている以上は、あなた限りに打ち明けられた私の秘密として、凡《すべ》てを腹《はら》の中にしまって置いて下さい」

「坊っちゃん」はおよそ「腹の中」というものをもつことができないほど単純な人間であった。すぐに腹の中のものをはき出してしまう。そこからどんどんはき出すテンポがゆっくりとなってくる。言葉を通して、腹から腹へ思いを伝えたい。その言葉は時に奔流のようであり、また時に腹から振り絞られるもののようであった。

漱石は「腹の中」作家なのであった。

（引用文中の……は中略）

百年経《た》ってもそばにいる
――夏目漱石のおもしろさ――

三浦しをん

みうらしをん　一九七六年東京生れ。〇〇年に『格闘する者に○』でデビュー。『私が語りはじめた彼は』、エッセイ集に『人生激場』などがある。

「文豪」ってすごい言葉だな、といつも思う。

文豪とはつまり、文章の豪族、文章の富豪、文章のゴウの者……あ、「ゴウの者」の場合は、豪じゃなくて剛か。とにかく「文豪」という呼び名からは、「ものすごい文章の達人で、そのペン先から迸《ほとばし》る文学にみんな感服！」って感じの、有無を言わせぬ印象を受ける。

夏目漱石は、まさに文豪中の文豪だ。しかし、「文豪」といういかめしい称号のせいで、しりごみしちゃってるかたもいるのではないか。小難しい話を書いてるんじゃないかとか、文章が堅苦しいのではないかとか。いろんな心配が胸をよぎって、どうも漱石の作品を手に取りにくい、ということだってあるだろう。

そこで、「文豪・夏目漱石がちょっと身近に感じられてくる作品」を紹介してみたい。

いつもこっそり思ってたんだが、漱石の作品って、実はかなりヘンテコリンでおもしろいのだ。漱石と私の共通点といえば、「そうねえ、私も胃弱に悩まされてるかな」ってことぐらいしかないので、あの世で漱石先生が、「おまえにヘンテコリンとか言われたくない！」とお怒りかもしれないが。

私がはじめて、「夏目漱石ってちょっとヘンだな」と感じたのは、高校の国語の教科書に載っていた『こころ』を読んだときである。

それまで、『吾輩は猫である』を読んでは、「この猫、ものすごく饒舌《じょうぜつ》だな……」、『坊っちゃん』を読んでは、「すぐひとにあだ名をつける坊っちゃんだな……」と、鈍い反応しか示さなかった私だが、『こころ』には俄然《がぜん》、色めき立った。まず、語り手の「私」の、「先生」への入れこみようが尋常じゃない。

由《ゆ》比《い》ヶ浜《はま》で「先生」を見かけた「私」は、「先生」のことが気になって気になって、彼と言葉を交わすチャンスを虎視眈々《こしたんたん》とうかがう。そしてついに、「何処かで先生を見たように思うけれども、どうしても思い出せない」と話しかけるのだ。

なんなの……なんなの、この小説！　夏の海岸での、男↓男のナンパから話がはじまるなんて！

「私」は「先生」に急接近するのだが、どうも「先生」には秘密がある。その秘密は、「先生」の過去の恋に関係するものらしい。読者は「私」とともに、少しずつ「先生」の秘密に迫っていく。ところが「先生」は、思わせぶりに「私」をじらすばかりなのだ。

「恋は罪悪です」と「先生」は言う。「何故《なぜ》ですか」と問う「私」に対しての、「先生」のお答え。

「何故だか今に解《わか》ります。今にじゃない、もう解っている筈《はず》です。あなたの心はとっくの昔から既に恋で動いているじゃありませんか」

なんなの……なんなの、この「先生」！

つまり「先生」は「私」に、「おまえはもうとっくに、俺に惚《ほ》れてるだろ」と言っているのだ。ああ「先生」ったら、なんて悪い男なのかしら。前途洋々たる青年を、じらす素振りで誘惑するなんて。こんなに隠微でやらしい話を教科書に載せるとは、文科省ってなにを考えてるんだろう。

『こころ』はこの後も、男同士の恋愛をメインテーマに展開していく（文庫カバーのあらすじには、「孤独な明治の知識人の内面を描いた作品」ともっともらしく書いてあるが、私は、「同性への恋情にとまどい、苦悩する男を、いまいち煮え切らない態度で描いた作品」のような気がしてならない）。そして最後、「おいおい、死ぬ前にずいぶん書いたな」と読者の度肝を抜くほど長大な「先生」の遺書で、物語は幕を閉じるのであった。

読み終えた私は、「はー、おもしろかった」と満足しつつも、どうしても引っかかることがあった。それは、「先生の奥さん」の描かれ方だ。

「先生」も「私」も、「裏切りだぁ」「罪悪だぁ」と、「先生の奥さん」をそっちのけでてんてこ舞いしているが、「きみたち、ちょっと落ち着けよな」と私は言いたい。

「先生の奥さん」は、非常に重要な当事者の一人なのである。「先生」はまず奥さんに、「どうかね、静《しず》。あの恋は、私の裏切りは、やはり許されざる大罪なのだろうかね。どう思う」と聞いてみるべきだ。「妻の記憶に暗黒な一点を印《いん》するに忍びなかった」、「妻には何にも知らせたくないのです」などと、トンチンカンな配慮をしている場合だろうか。

私は歯がゆい。「先生」は自分の苦悩から、あえて妻を遠ざけようとしている。それが「先生」なりの愛なのだとしても、そんな臆病《おくびょう》な愛はお断りだ！

男同士の恋情（にも似たなにものか）はねっちりと描写するわりに、美しい女性を描くと途端に腰が引けて、「待って、あなたちょっと一人で空回ってるわ」としか言いようのない、珍妙な気遣いを発揮する。

いったい、漱石は実生活では、女性とどんな会話を交わしていたのだろう。それを知るには、随想（エッセイ）と短編が収録された、『硝子戸《ガラスど》の中《うち》』『文鳥・夢十夜』を読むのがうってつけである。

文豪の朝は早い。文鳥を飼いだした漱石は、餌《えさ》をやらねばと思いながらも、寝床でぐずぐずしている。そうするうちに、「とうとう八時過になった」。本人は、「あーあ、寝坊しちゃった」と気に病んでいるが、夜更《よふ》かししてるわりには充分早い起床時間だろう。

文鳥に餌をやってから、仕事をする。仕事の合間にも、来客がある。漱石の家は、来客がむちゃくちゃ多いのだ。みんな、「先生、先生」と言って悩み事の相談にくる

(たいがいは金の無心)。そのためか漱石は、しょっちゅう胃痛に襲われている。

そんな慌ただしい一日の中で、漱石は文鳥を観察する。以下、文鳥が餌を食べるときの音の描写。

「菫《すみれ》程の小さい人が、黄金《こがね》の槌《つち》で瑪瑙《めのう》の碁石《ごいし》でもつづけ様に敲《たた》いている様な気がする」

まあ漱石先生ったら、なんて可愛《かわい》い比喩《ひゆ》なの！ と感激していたら、彼は文鳥を眺めながら今度は、「昔知っていた美しい女」について思いを馳《は》せだす。あらあら〜、やっぱり超弩級《どきゅう》のロマンティストなのね。「そんな女、本当にいたのか？ なんか適当に過去を美化してないか？」と、私はやや意地の悪い思いでツッコミを入れるのであった。

ところが、「昔知っていた女」を連想するほど美しい文鳥は、世話を怠ったために死んでしまう。おいおい！ もうちょっと大事にしろよ、過去の女の思い出もその程度のものだったのかよ、と小言の一つも言いたくなる。

文庫カバーには、「家人のちょっとした不注意からあっけなく死んでしまう」とあらすじがあるが、断言しよう。これは「家人の不注意」などではない。単なる「漱石の怠慢」ゆえの死である。漱石自身もそれはわかったうえで、「家人の世話が足りなくて文鳥が死んだ」と、弁解がましく手紙を書いたりする。勝手に美人を夢想、勝手に飼育放棄、勝手な言い訳。うーん、やはり憎めないおひとだ。

漱石の比喩はいつも変わっている。たとえば、ロンドン留学時代に、陰気な老令嬢から日本人K君を紹介されたときのことを、「幽霊《ゆうれい》の媒酌《ばいしゃく》で、結婚の儀式を行ったら、こんな心持ではあるまいか」と思い起こす。

ええ?! ただ「同じ日本人だよ」と男性を紹介されただけなのに、「結婚の儀式」? 『こころ』の描写のねっちりぶりもそうだが、男性に相対したときの彼の発想は、どうも謎《なぞ》に満ち満ちている。

また、すごく期待して読んだ本が、ちっともおもしろくなかったときのことは、「丁度ハレー彗星《すいせい》の尾で地球が包まれべき当日を、何の変化もなく無事に経過した程あっけない心持」と記す。漱石の読書にかける情熱と、がっかりしたことがよく伝わる比喩だが、壮大すぎてなんだかちょっと笑ってしまう。

ほとんど百年前(!)に書かれた作品なのに、いま読んでもちっとも苦にならない理由は、漱石のこのユーモアにある。

美しい夢のような女のこととなると、急にロマンティストに変身してしまう漱石だが、気心の知れた自分の奥さんとは、いつも喧嘩《けんか》したり、おかしなやりとりをしたりしている。

漱石夫妻はあるとき、若いひとの結婚の仲立ちを頼まれた。女性のほうから、「道楽をしない男性なんでしょうね」と念を押された夫妻は、二人で花婿《はなむこ》候補の人柄について協議する。以下、漱石夫妻の至った結論。

「まあ大抵宜かろうじゃないか。道楽の方は受け合いますと云《い》っといでよ」

「道楽の方って——。為《し》ない方をでしょう」

「当り前さ。為《す》る方を受け合っちゃ大変だ」

この独特のテンポ感。のんきだ。こんな調子で受け合っちゃって、ホントに大丈夫なのかなと気を揉《も》んでいたら、案の定、この後でびっくりするような展開になるのであった（詳しくは、『文鳥・夢十夜』所収の『手紙』をお読みください）。

『こころ』に出てくる「先生の奥さん」も、漱石の奥さんぐらいたくましくていききしていたら、物語はもっと違った結末になっていたはずなのにと、やや悔やまれる。

しかしロマンティスト漱石は、自分で書く小説の中では、ついつい夢（ていうか、ほとんど妄想の域に達した理想的な女性）を追いたくなってしまうのだろう。

気むずかしく、胃痛に苦しみ、美しい女の影を夢想し、しかし実生活では奥さんの尻《しり》に敷かれがち。そんな漱石の姿を、『文鳥・夢十夜』と『硝子戸の中』に発見することができる。最初から長編小説ではとっつきにくい、というかたは、ぜひ随想を読んでみてはいかがだろう。

そこには、悩み、怒り、笑いながら、家族や友人と過ごした漱石の毎日が、克明に描かれている。それは、「文豪」などという偉そうなものではない、誠実さと卑怯《ひきょう》さをあわせもったどこにでもいる人間の、百年経っても色あせない、かけがえのない日々の記録なのだ。

『こころ』を、読もうとしているあなたに

北村　薫

きたむらかおる　一九四九年埼玉県生れ。早稲田大学卒。『夜の蟬』で日本推理作家協会賞受賞。『スキップ』『ターン』『リセット』など。

1

この本を手に取られた、若いあなたは、夏目漱石という名前を、ご存じですね。その作品をすでに幾つか読んでいるのかも知れません。あるいは、『こころ』を買いに来て、まず眼に付いたこの本を、棚から抜き出したのかも知れません。

そう思ってしまったわけは、今から二十年ぐらい前、『こころ』を探している女子高校生を見たからです。場所は、東京の神田神保町。世界一といわれる古書店街があるところです。わたしは《古書店》というと、どうもよそよそしい感じがして嫌なの

で、愛情をこめて、柔らかく《古本屋さん》という方が好きです。

わたしは、その一軒の棚に並ぶ本の背表紙を眺めていました。日本文学を多く扱っているお店です。すると、こういうお店には珍しく、ごく普通の女子高校生が二人、入って来ました。そして、すぐにレジに向かい、店の若い人にたずねたのです。

「あのお、夏目漱石の『こころ』って本ありますか?」

店の人は、ちらりと二人の顔を見ました。そして、ピンポン球が返るように、乾いたそっけない声で答えました。

「うちに、そんな本はありません」

女の子達は、けげんそうに出て行きました。《有名な作品のはずなのに……?》という顔でした。

双方の心理は手に取るように分かります。女子高校生達は、《古本屋さんに行けば、百円でも五十円でもいい、とにかく安い本が買える》と、思って来たのでしょう。

ところが、古本屋さんの仕事とはどういうものか。――原則として、もう新刊書店にはない本を、必要としている人に提供することです。そのために専門知識を身につけています。どこにでもある本を探しに来られ、《お門違いだ》と思ったのでしょう。

しかし、それだけでもない。

古本屋さんは、原則として、本を心から愛する人がなる商売です。そして『こころ』なら、廉価版《れんか》である文庫本がいつも書店の棚にあります。愛書家にとっての本とは、新しい衣服に優先するのは勿論《もちろん》、食事代も切り詰め、デートの数を減らしても買うべきものです。若い古本屋さんは、そうでない人達を見、《別世界からの侵入者だ》と思い、不機嫌になったのですね。

納得できないあなたの方が、普通でしょう。皆が夢中になってテニスをしなくてもいいし、お鮨《すし》を食べなくてもいい。野球をやったっていいし、おにぎりを食べてもいいのです。しかし、《自分のコートには、まずラケットの握り方ぐらい覚えてから来てもらいたい》という、テニス好きもいるでしょう。そのお店にも、バラ売りの文学全集などがありました。中に『こころ』も、あったでしょう。要するに、彼は売りたくなかったのですね。

しかし、普通の人を相手に、これはちょっときびしい。どの世界にもビギナーはいるのです。最初からプロにはなれない。本への愛の方は、これから芽生えるかも知れません。

離れたところにいたわたしですが、出て行く二人に《新刊書店の文庫のところを見れば、簡単に手に入るよ》と、いってあげたくなりました。でも、《おじさんが女子高校生の後を、急いで追いかけて行くのもどうかなあ》と迷いました。それに、これは解決不可能な問題ではありません。実際、近くに大きな新刊書店があったのです。嫌でも、歩いて行けばそこに入るでしょう。

余談ですが、《これは今、いわないと……》と思って、行動に移ってしまったこともあります。去年、池袋のジュンク堂で本を見ていたら、二人連れの女子高校生（買い物に出掛ける女子高校生の単位は、二人ということが多いようですね）が、ある本を手に取り、予算と定価について話し合っていました。買おうか、あきらめようかと、迷っています。

『伊勢《いせ》物語』についての本でした。そのシリーズなら、しばらく前に文庫化されていました。

わたしは声をかけ、数メートル離れた文庫の棚に連れて行ってあげました。変なおじさんだと思われたかも知れません。しかし、自分が高校生だったら、《助かった！》と思ったでしょう。

2

さて、神保町ですれ違った女子高校生の方は、なぜ、古本屋さんに入ることになったか。自分の意志だけで『こころ』を買おうと思ったわけではないでしょう。多分、国語の先生から、

「一冊買って、読んで置くように」

という課題を出されたのだと思います。

高校の国語の教科書に、よく載っている教材が『こころ』です。この小説は、「上　先生と私」、「中　両親と私」、「下　先生と遺書」の三部に分かれています。教科書に出て来るのは、たいていは「下」の三十四から四十八の辺りです（蛇足ですが、数字は、新聞連載でいえば一回分ずつの区切りを数えたもの、第何回という節の数です）。

漱石は、作品の中に、なかなか解決されない謎《なぞ》を提示し、読者を引っ張ることの巧みな作家です。『門』などの引っ張り方といったら、普通ではありません。《この座敷の中は……》とだけいわれて、中がどうなっているのか教えてもらえなければ、知りたくなる。あれですね。

『こころ』の「上」の部分も、気になる謎の波状攻撃です。それを受けての「下」なのです。さらに、「下」の中でも、登場人物達のさまざまな心理の動き、もつれがあり、ようやく教科書の引用箇所に至るのです。

部分だけでは分かりませんから、そこまでの一字一句を読んで来ないと、本当の味わいは分かりません。

かなり以前、ある新人賞の候補作幾つかの粗筋を聞く機会がありました。《それでは、今年は低調ですね》といったら、編集者の方は《いえ、かなりいいんです》といいました。首をかしげました。しかし、後から選考委員の言葉を読むと、実際に《いい》ようでした。小説とは、最初の一字から最後の一字までです。同じ起承転結の展開であっても、書く人によって駄作にも傑作にもなります。

あなたがまだ、『こころ』を読んでいないとすると、先にあれこれいうのはよくないことです。しかし、話の都合上、これだけは述べておきましょう。《K》と呼ばれる人物が登場し、ある事情から自殺することになります。その時、遺書の最後には《もっと早く死ぬべきだのに何故今まで生きていたのだろう》と書き添えられていたのです。これが「下」の四十八です。

となれば、ここからだけでも、《Kは、いつ頃から死を意識していたのか》《Kは、なぜ自殺したのか》《Kは、なぜ、もっと早く死ぬべきだ、などと思ったのか》といった疑問が出て来ます。これに対して、あなた方は実に多くの答えを出すはずです。多様な答えが出ることに、あなた方が驚くほどでしょう。

しかし、《Kは、いつ頃から死を意識していたのか》という問いかけに対して、ある答えを出した人が、教科書を置いて、『こころ』の全編を読んでいったとします。次のような箇所に行き着いた時、回答が変わるかも知れません。岩の上に座っているKに対して、「下」の語り手となる先生が、こう書いています。

ある時私は突然彼の襟頸《えりくび》を後《うしろ》からぐいと攫《つか》みました。こうして海の中へ突き落したらどうすると云ってKに聞きました。Kは動きませんでした。後向《うしろむき》のまま、丁度好《い》い、遣《や》ってくれと答えました。

すでに教科書の抜粋を読んだ人には、強く響く場面です。そして、《何だ、ここから死を意識していたんだ》では終わらない。ここにある《死の意識》と、Kが実際に行動に移った時の《死の意識》とは同じなのかどうか、といった疑問が浮かんで来なければなりません。

小説は、読んでいて、これからどうなるかが分かりません。一度、結末まで行き、先の展開を知ってから、再び読むことによって、見えて来るものが確実にあります。『こころ』などは、作品の方からそれを要求して来ます。

さらに、《Kは、なぜ自殺したのか》《Kは、なぜ、もっと早く死ぬべきだ、などと思ったのか》という問いかけに対して、一度答えを出した人の多くが、結び近くの五十三を読んだ後では、意見を替えるでしょう。

教科書のほとんどが、ここを載せないのは、ひとつの見識でしょう。あまりにも、問題編と解答編という形になり過ぎるからです。

『こころ』は、そういう小さくまとまった話ではない、ということでしょう。

3

《『こころ』を一冊読ませる時、こういう指示をする》という、ある先生の文章を読んだことがあります。

これには、とても感心しました。本来なら、その先生の名を記し、出典を明らかにしなければいけないのです。しかし、残念なことに覚えていません。《ここに立ってごらん、ほら、こんな風景がくっきりと見えて来るよ》というのは、先生の仕事です。立ちやすく、立ちたくなる魅力的なポイントを発見するのが、優れた教師です。

その方はおっしゃいました。

『こころ』の「上」、作中の先生の家に行った学生——私は、お菓子を出されます。その残りを持たされます。

「上」の二十で、こう書かれています。

昨夜《ゆうべ》机の上に載せて置いた菓子の包を見ると、すぐその中から〇〇〇〇〇〇〇〇〇〇〇〇〇〇〇を出して頬張った。

そして「中」の九では、私の死にかけた父親が、

「どうせ死ぬんだから、旨《うま》いものでも食って死ななくっちゃ」

といい、○○○を食べています。

この二つは、勿論、違うお菓子です。さて、何でしょう？　というのです。素晴らしい問いだと思います。だって、これなら知りたくなるでしょう。読みたくなるでしょう。勿論、漱石は意識して書いています。そういうことは、誰かがいっているでしょう。しかし、この《対比》を高校生の前に示し、《自分で確認しろ》ということが見事なのです。

わたし自身、小学生の頃、『次郎物語』という本を読んでいて、主人公がお金持ちの台所を覗《のぞ》くシーンが、強く印象に残っています。次郎は、そこに卵焼きがあるのを見て驚くのです。お正月でもないのに、と。

我々の子供時代にも、もう卵焼きは普通の食べ物でした。珍しいものではありません。しかし戦前の一般庶民には、卵焼きが大変な御馳走《ごちそう》だった、と教えられたのです。

物語の中に出て来る食べ物というのは、色々な意味で印象に残るものです。『こころ』の中でも、ハイカラな食べ物としてアイスクリームも登場します。

さて、さきほどの二つのお菓子とは何か。

示された地点に自分の足で立ってみると、《旨いものを口に入れられる都には住んでいなかった》父の言葉を《滑稽《こっけい》にも悲酸にも》聞く私の姿も見えます。先生のいるところは都であり、明らかに近代です。しかし、それもまた、新しい滑稽や悲惨を内に抱え込んだ時代なのです。先生から私に伝えられるのは、新しい時代から、さらに新しい時代を迎えるものへの言葉です。

この、《お菓子を見ろ》という指示は、小説というものが注意深く読むことにより、さまざまな姿を見せることを示す、分かりやすい例だと思います。

漱石文学散歩

早稲田《わせだ》から神楽坂《かぐらざか》へ

井上　明久

東京メトロ東西線の早稲田駅を地上に出ると、早稲田通りと斜めに交差するゆるやかな上り坂がある。左手角に建つ小倉屋《こくらや》酒店はなかなかに歴史ある店で、高田馬場の仇討《あだう》ちに駆けつける中山（後の堀部）安兵衛《やすべえ》が、途中ここに立ち寄って酒を呷《あお》ったという升《ます》が残されている。以前は店頭に飾られていて見ることができたのだが、確かに古色蒼然《そうぜん》としていかにも由緒《ゆいしょ》ありげな升だった。

この坂を入ってすぐの左手に、黒御影石《くろみかげいし》のオベリスクが立っていて、そこに「夏目漱石誕生之地」の文字が彫られている。今からおよそ百四十年前の慶応三年（一八六七）、後に漱石と号することになる夏目金之助はこの地で生まれた。

ここの地名を喜久井町《きくいちょう》といい、この坂を夏目坂というが、いずれも町方名《まちかたな》主《ぬし》であった夏目家と関係がある。『硝子戸《ガラスど》の中《うち》』に、こう書かれている。

私の家の定紋が井桁《いげた》に菊なので、それにちなんだ菊に井戸を使って、喜久井町としたという話は、父自身の口から聴いたのか、又は他《ほか》のものから教《おす》わったのか、

何しろ今でもまだ私の耳に残っている。（略）

父はまだその上に自宅の前から南へ行く時に是非とも登らなければならない長い坂に、自分の姓の夏目という名を付けた。

ところで、生まれた翌年が明治改元に当たるという、大きな時代の変化の真っ只中《ただなか》に生まれた夏目金之助は、時代の荒波よりも先に血縁の荒波をかぶる運命にあった。生後ただちに、四谷の古道具屋に里子に出されてしまうのだ。以下は、『硝子戸の中』の一節である。

私はその道具屋の我楽多《がらくた》と一所に、小さい笊《ざる》の中に入れられて、毎晩四谷の大通りの夜店に曝《さら》されていたのである。それを或晩私の姉が何かの序《ついで》に其所を通り掛った時見付けて、可哀想《かわいそう》とでも思ったのだろう、懐《ふところ》に入れて宅へ連れて来たが、私はその夜どうしても寐付《ねつ》かずに、とうとう一晩中泣き続けに泣いたとかいうので、姉は大いに父から叱《しか》られたそうである。

そして、里子先から実家に戻されて間もなくの満一歳を迎えた年、今度は養子に出される。ちょうど同じ年に江戸が東京と名を変えたように、夏目金之助は塩原金之助と名を変えさせられる。それから八年、養父母の離婚によりやっと喜久井町の生家に還ることになる。この世に生を享《う》けてすぐによその地に旅立たされた幼な子が、九年という長い遍歴の末にようやく最初の場所に還り着くことができたのだ。けれども、せっかく戻された生家も、少年にとっては決して幸福な場所ではなかった。漱石唯一《ゆいいつ》の自伝的小説といわれる『道草』に、こんな苦い告白がある（文中の健三がほぼ漱石その人を指す）。

実家の父に取っての健三は、小さな一個の邪魔物であった。何しにこんな出《で》来損《きそこな》いが舞い込んで来たかという顔付をした父は、殆んど子としての待遇を彼に与えなかった。今までと打って変った父のこの態度が、生《うみ》の父に対する健三の愛情を、根こぎにして枯らしつくした。

夏目坂をはさんで、漱石誕生の碑の斜め前方にコンビニがある。その横の道を入った先にある誓閑寺《せいかんじ》（漱石は西閑寺と表記している）について、『硝子戸の中』でこんな思い出を書いている。

その豆腐屋について曲ると半町程先に西閑寺《せいかんじ》という寺の門が小高く見えた。赤く塗られた門の後は、深い竹藪で一面に掩《おお》われているので、中にどんなものがあるか通りからは全く見えなかったが、その奥でする朝晩の御勤《おつとめ》の鉦《かね》の音《ね》は、今でも私の耳に残っている。ことに霧の多い秋から木枯の吹く冬へ掛けて、カンカンと鳴る西閑寺の鉦の音は、何時でも私の心に悲しくて冷たい或物を叩き込むように小さい私の気分を寒くした。

夏目坂を上り、喜久井町の信号を左に入って少し行くと、早稲田小学校がある。

昭和初めのいわゆる〝震災復興建築〟で、アーチや丸窓を多用した美しいたたずまいは、近年の学校建築の殺風景さとは雲泥《うんでい》の差である。

学校の建物に沿って右に曲がると、その先の左手に「漱石公園」がある。ここは漱石が長からぬ生涯の晩年の十年をすごした場所、すなわち漱石終焉《しゅうえん》の地である。そしてこの早稲田南町の家から、日本文学史上に輝く傑作の数々が生み出されていったのだ。喜久井町の生家からここまで、歩いて七、八分ぐらいか。そのような距離の間に、漱石の生が始まった地点と、漱石の生が終った地点が存在している。

外苑《がいえん》東通りを左折し、早稲田通りとの交差点を右折してしばらく歩く。東西線の神楽坂駅前に出たら右へ、牛込《うしごめ》中央通りに入るとすぐに、道の左右に新潮社の建物がある。漱石にとってこのあたりは、実はきわめて縁の深い場所だった。妻・鏡子

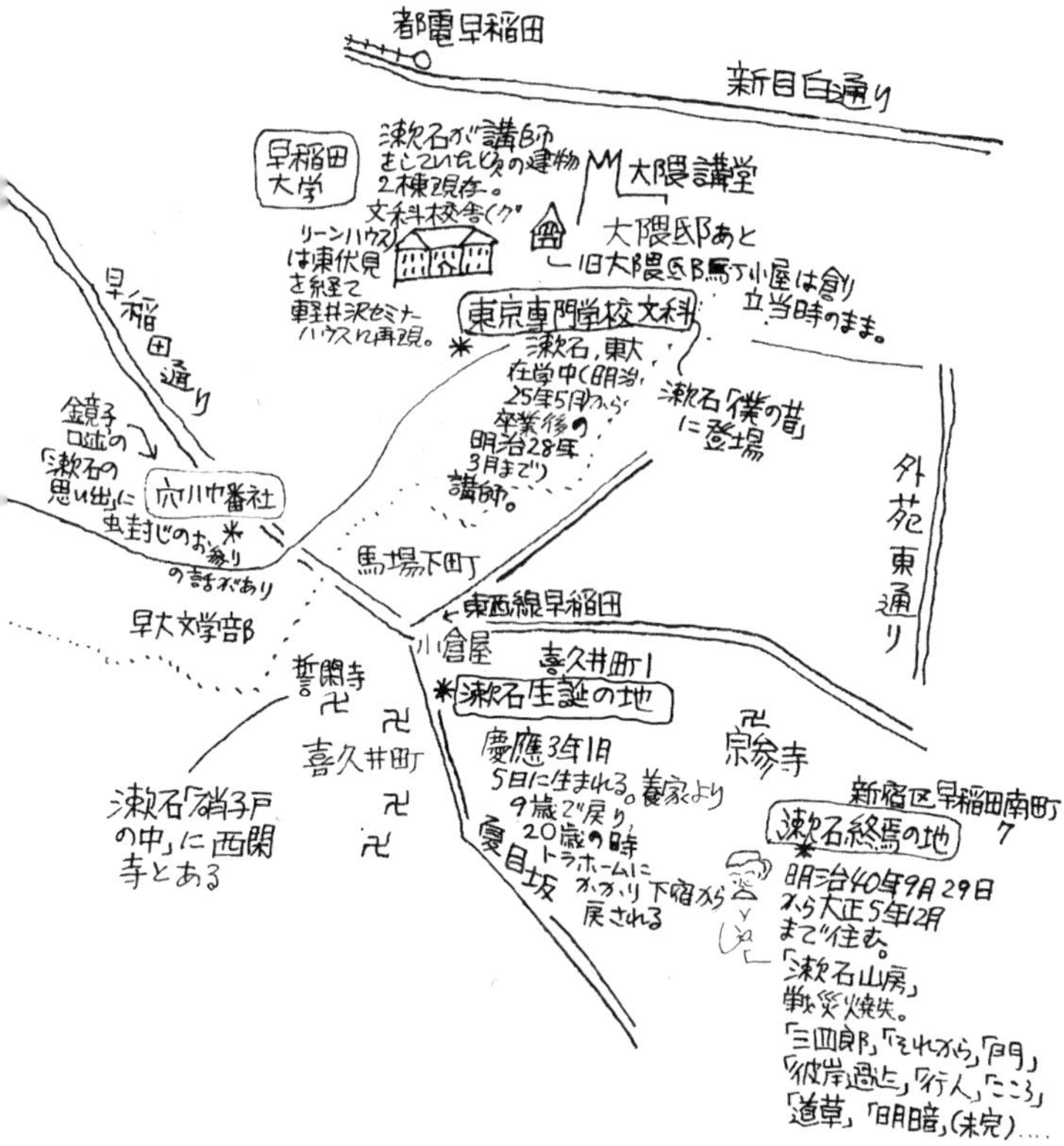

都電早稲田
新目白通り
早稲田大学
漱石が講師をしていた頃の建物2棟現存。
大隈講堂
文科校舎(グリーンハウス)は東伏見を経て軽井沢セミナーハウスに再現。
大隈邸あと
旧大隈邸馬小屋は創立当時のまま。
東京専門学校文科
漱石，東大在学中(明治25年5月から卒業後の明治28年3月まで)講師。
漱石「僕の昔」に登場
早稲田通り
鏡子口述の「漱石の思い出」に虫封じのお参りの話がある
穴八幡社
馬場下町
東西線早稲田
外苑東通り
早大文学部
小倉屋
喜久井町1
誓閑寺
漱石生誕の地
慶應3年1月5日に生まれる。養家より9歳で戻り，20歳の時トラホームにかかり下宿から戻される
宗参寺
喜久井町
漱石「硝子戸の中」に西閑寺とある
夏目坂
新宿区早稲田南町7
漱石終焉の地
明治40年9月29日から大正5年12月まで住む。
「漱石山房」戦災焼失。
「三四郎」「それから」「門」「彼岸過迄」「行人」「こころ」「道草」「明暗」(未完)……

の実家である中根家が、まさに新潮社の本館社屋が建つあたりにあったからである。結婚前や、夏休みに熊本から上京した折りなど、何度となく中根家を訪れているし、英国留学から帰国して千駄木（いわゆる〝猫の家〟）に引越すまでの二ヵ月、漱石は矢来町の住人となっている。

牛込中央通りが朝日坂にぶつかったら左折、そして円福寺の手前で右折、その名の通り幅の狭い袖摺坂《そですりざか》の階段を下りて大久保通りを渡ると、都営地下鉄大江戸線の牛込神楽坂駅がある。その横の坂を上り、道なりに左へ今度は下る。左に日本出版クラブ会館、右に光照寺がある。この一帯は戦国時代にこの地を治めていた牛込氏の居城である牛込城があった場所だ。また、この坂を地蔵坂というが、藁《わら》を商う店があったところから、通称「藁店《わらだな》」ともいわれた。『それから』の主人公・長井代助の家はこの坂の上の袋町にあり、神楽坂で買物をした三千代が降り出した雨に濡《ぬ》れながら藁店を上って代助を訪ねてくる、忘れ難く美しい場面がある。

（略）御息《おやす》み中だったので、又通りまで行って買物を済まして帰り掛けに寄る事にした。ところが天気模様が悪くなって、藁店《わらだな》を上がり掛けるとぽつぽつ降り出した。傘を持って来なかったので、濡れまいと思って、つい急ぎ過ぎたものだから、すぐ身体《からだ》に障って、息が苦しくなって困った。――

「けれども、慣れっこに為《なつ》てるんだから、驚ろきゃしません」と云って、代助を見て淋《さみ》しい笑い方をした。

「心臓の方は、まだすっかり善くないんですか」と代助は気の毒そうな顔で尋ねた。

「すっかり善くなるなんて、生涯駄目ですわ」

意味の絶望な程、三千代の言葉は沈んでいなかった。


三千代とは逆に、この坂を下りて神楽坂に出たら右へ曲がる。甘納豆が絶品の和菓子店「五十鈴《いすず》」の隣りに、漱石もしばしば通った洋食の老舗《しにせ》「田原屋」があったが、先年ついに姿を消した。漱石の他にも、永井荷風、菊池寛、佐藤春夫、吉井勇、島村抱月と松井須磨子などが常連だった、明治・大正の香りを感じさせる名店であったただけに惜しまれてならない。

その先に、善国寺がある。もっとも、そう呼ぶよりも御本尊である毘沙門天《びしゃもんてん》の方が有名で、もっぱら毘沙門様で通っている。明治から昭和初めにかけて、神楽坂は山の手きっての繁華街で、その中心になったのがこの毘沙門様。とりわけ縁日の賑《にぎ》わいは格別なものがあり、『それから』にも描かれ、また『坊っちゃん』では、赤シャツから釣りに誘われた坊っちゃんがこんな思い出を語る。

神楽坂の毘沙門の縁日で八寸ばかりの鯉《こい》を針で引っかけて、しめたと思ったら、ぽちゃりと落としてしまったがこれは今考えても惜《お》しいと云《い》ったら、赤シャツは顋《あご》を前の方へ突き出してホホホホと笑った。

漱石本人も、家族を連れ、あるいは友人と一緒に、何度となく毘沙門の縁日を訪れ、見せ物小屋をのぞき、夜店をひやかして歩いたことだろう。

神楽坂の通りをはさんで毘沙門様の向かいに、うどん会席の「鳥茶屋」と毘沙門せんべいで有名な「福屋」にはさまれた細い石畳の道がある。ここから始まって、この先一帯につづいていく道がたまらなく美しく、神楽坂ならではの風情《ふぜい》を最も良く感じさせてくれる空間である。道幅の狭さがいい。それも、先へ進むにつれてますます細くなる変化がいい。道の曲がりぐあい、石畳の味わい、坂の傾き、途中に階段まで出てくる複雑さ、そのどれもがいい。そして、道のそこここに点在する店のたたずまいがこれまたいい。

ふらふらと横道や脇道に逸《そ》れたり迷ったりしながら神楽坂歩きの魅力を味わったら、神楽坂と大久保通りの交差点に出る。かつて肴町《さかなまち》といったこの一画の裏通りに、漱石の次姉ふさの嫁いだ家があり、その家の真向かいに東家《あずまや》という芸者屋があった。『硝子戸の中』に、こんなふうに回想されている。

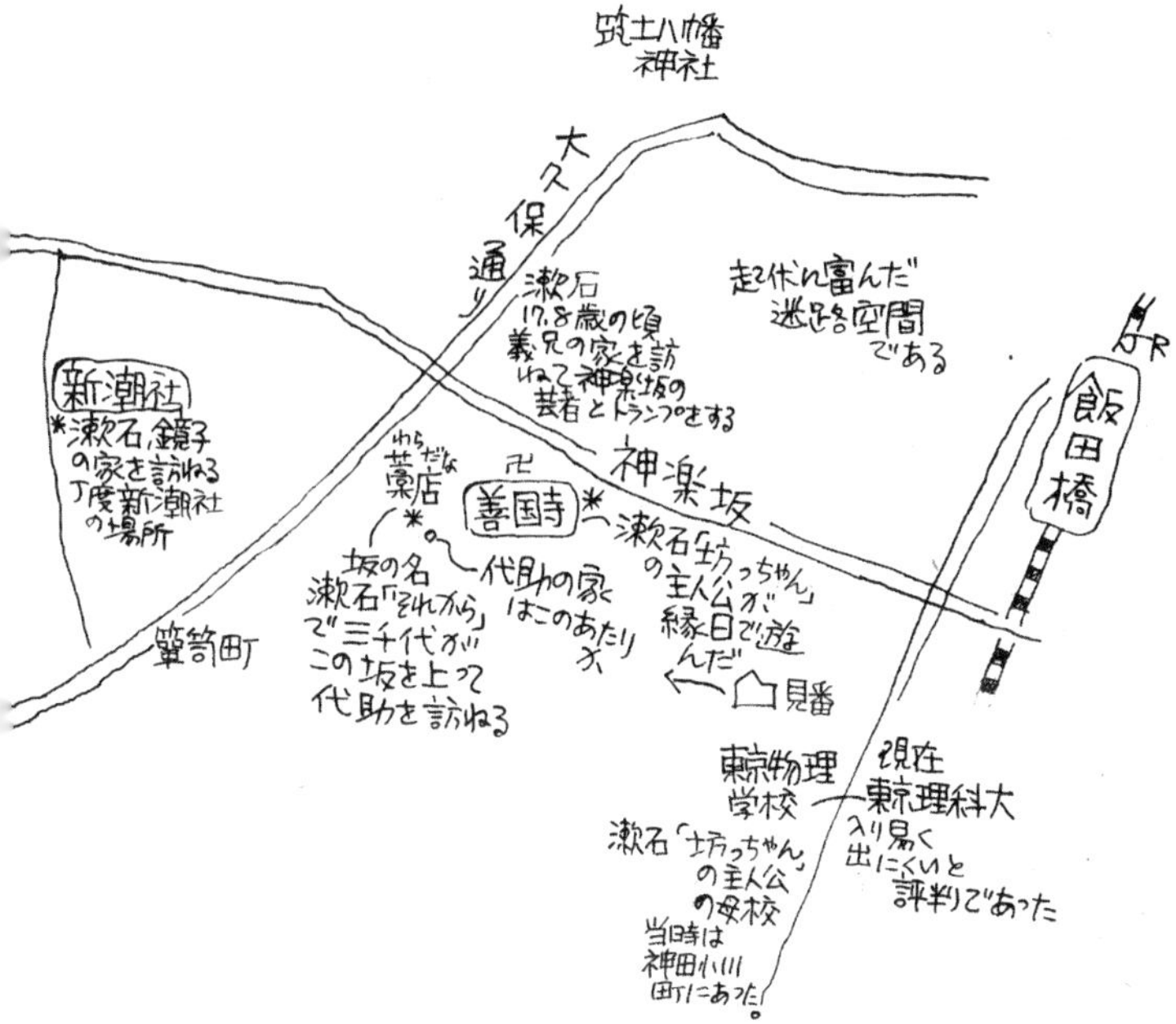

筑土八幡神社
大久保通り
漱石17.8歳の頃義兄の家を訪ねて神楽坂の芸者とトランプをする
起伏に富んだ迷路空間である
JR
飯田橋
新潮社
*漱石、鏡子の家を訪ねる丁度新潮社の場所
藁店《わらだな》
*坂の名
漱石「それから」で三千代がこの坂を上って代助を訪ねる
卍
善国寺
*漱石「坊っちゃん」の主人公が縁日で遊んだ
代助の家はこのあたりか
神楽坂
箪笥町
見番
東京物理学校
現在東京理科大
入り易く出にくいと評判であった
漱石「坊っちゃん」の主人公の母校
当時は神田小川町にあった。

私はその頃まだ十七八だったろう、その上大変な羞恥屋《はにかみや》で通っていたので、そんな所に居合わしても、何も云わずに黙って隅の方に引込んでばかりいた。それでも私は何かの拍子で、これ等の人々と一所に、その芸者屋へ遊びに行って、トランプをした事がある。負けたものは何か奢《おご》らなければならないので、私は人の買った寿司や菓子を大分《だいぶ》食った。

十代後半の若者金之助のその時の体験は、それから三十年経《た》った作家漱石にとって、いつまでも忘れ難い、懐《なつ》かしい思い出として印象深く記憶されていたのだろう。あるいはそこで、自分と同じぐらいか、少し年上の若い芸者のひとりに、淡い片想《かたおも》いでもしたかもしれない。そんなことをフッと想像したくもなるような、若き漱石の色彩感に富んだエピソードである。

漱石が生まれ、生活空間として最も濃密な関係を持ち、多くの作品の舞台になり、そして漱石が死を迎えた場所。早稲田から神楽坂を歩けば、そんな漱石の夢の跡に出会うことができるだろう。

＊イラストマップ　藪野　健

島内景二

【しまうち・けいじ】1955年長崎県生れ。東京大学大学院修了。国文学者。『文豪の古典力』『歴史小説真剣勝負』など、新視点から日本文学の全貌に肉薄。電気通信大学教授。

評伝　夏目漱石 ◎◎

「文豪」のお手本となった人

【幼少期のトラウマ体験】

文豪・夏目漱石の本名は、金之助《きんのすけ》。泥棒にならないようにという迷信から、「金」という字を名前につけられた。でも、お金には淡泊な性格だったようだ。近代日本の「金銭主義」を心から嫌った漱石の顔が千円札になったのは、不思議だ。その嫌な役目を野口英世に譲り渡したので、今頃はさぞかしホッとしていることだろう。

元号が明治と改まる前年、すなわち慶応三年（一八六七）一月生れ。だから、明治の年号がそのまま漱石の満年齢になる。たとえば、『吾輩《わがはい》は猫である』を書いた明治三八年は満三八歳というように。これは便利だ。同じ年生れの文豪・幸田露伴は、しぶとく昭和二二年まで生き抜いた。漱石にも、戦後まで生きて、日本文化立直りへのアドバイスをしてもらいたかった。大正五年（一九一六）の死去（満四九歳）は早すぎる。

徳川家康ほどではないが、漱石の一生も苦しみの連続だった。家康の最初の苦難は「人質」生活だったが、漱石の第一歩は「養子生活」だった。名主《なぬし》の家柄の八人兄弟の末っ子に生まれた漱石は、すぐに古道具屋に里子に出された。赤子の漱石は、ザルに入れられて、夜店に吊《つ》られていたという。まるで古道具屋の売り物のようではないか。いかに物心が付いていないとはいえ、大きなトラウマとなったことだろう。

一度は夏目家にもどったが、今度は塩原家に養子に出された。塩原夫婦は、自分たちの老後の面倒を見てもらうためだけの目的で、幼い漱石を養子とした。彼らをモデルとする嫌らしい夫婦が、自伝小説『道草』に出てくる。彼らは幼い養子に向かって、「じゃ御前の本当の御父《おとっ》さんと御母《おっか》さんは（誰だい？）」としつこく問いただしている。

このように、漱石には何人かの父親と母親がいた。でも、「本当の両親」と暮らすあたたかな家庭は、どこにもなかった。これは、一生つきまとった悲劇である。家庭でも、学校でも、日本のどこにも（さらにはロンドンにも）「自分の居場所」をもたない人間のかなしみを、漱石は数々の小説で描くことになる。

漱石は、大学生時代に外国人教師のジェームス・メイン・ディクソンという人に頼まれて、鴨長明《かものちょうめい》『方丈記』を英訳している。その中に、'alone in this world'という言葉がある。どこにもわが身の置きどころのない青春を過ごしていた漱石は、中世の思想家である鴨長明の壮絶な孤独に深く共感したのだろう。

【多言語をあやつる】

漱石は、頭がよかった。でも、一度だけだが、落第している！　この事実に親近感を持つ人も多いことだろう。病気のためだったようだが、そのあとで勉強に励み秀才を通したというから、やはり立ち直りの速さと意志の強さはただ者ではない。

東京帝国大学英文科を卒業したのが、二六歳。それまでに、英語だけでなく、漢文や和文（日本の古典）にも習熟していた。これが、すぐれた漢詩や俳句を作る才能となって、のちに花開く。まさに、多言語を読みこなす言語の達人だった。小説は、漢文でもなく、英文でもなく、古文でもない。近代日本語で書く。しかし、漱石の文章の独特の味わいは、近代語のバック・グラウンドとして、目に見えないいくつもの言語や文化で裏打ちされている点にある。

こういうマジメ青年は、どういう「初恋」を経験するものなのだろうか。自分と同じ年齢の兄嫁が好きだったとも、たまたま目の治療で病院へ通う途中で出会った女の子、あるいは大学時代の親友の奥さんになった才媛《さいえん》とも、いろいろに推測されている。

彼は頑固だったけれどもカタブツではなかった。「もののあわれ」は、知っていた。幼い頃から愛に飢えているだけに、何人も好きな人がいたのだろう。ただし、漱石は死ぬまで奥さん（鏡子夫人）以外の女性を「知らなかった」という伝説もある。独身時代も、結婚してからも、恋は「心の中」に秘めておくものだったのではないか。漱石と並び称される文豪・森鷗外《もりおうがい》は、女性にもてるタイプの好男子だったようだ。結婚も二回しているし、お妾《めかけ》さんがいた時期もあるらしい。二人の文豪の人生は、女性関係の面ではいかにも対照的だ。

また、漱石の学生時代の作文を読むと、「親友」を求める心の渇きが何度も率直に告白されている。こちらの親友は、やがて出現した。同級生で、後に俳人となった正岡子規である。真実の恋人には巡り合えなかった漱石だが、まことの友とはついに出会えた。その彼も若死にしてしまうのが、漱石の運の悪さを物語っている。

【混迷する青春、そして旅立ち】

大学を卒業する前後から、漱石の人生はにわかに迷走を開始する。学問や人生の意味を見失って神経過敏症になり、鎌倉《かまくら》の円覚寺で座禅修行したのも、その一環。また、落ち着きなく何度も引っ越しを繰り返した。

そのあげく「都落ち」して、遠く四国は愛媛の松山中学英語教師となった。時に二八歳。大学でほぼ同級だった（落第常習犯の）尾崎紅葉《こうよう》や山田美妙《びみょう》は、はなばなしい流行作家として大活躍中なのに、秀才の漱石には急ブレーキがかかってしまった。

けれども、大きな「挫折《ざせつ》」があったからこそ、その後の大きな「収穫」もあったのだ。漱石は、まさに「貴種流離譚《りゅうりたん》」の主人公のようだ。どこにも自分の居場所を持たない若者が、失恋とか病気をきっかけにして、遠くへ旅に出る。そして、怪物や美女や老賢人たちとの出会いによって、生きる意味をつかみ取って、都にもどってくる。これが、まさに『坊っちゃん』の世界。「江戸っ子」の快男児が旅の途中ですれ違った赤シャツ・山嵐《やまあらし》・うらなり・マドンナ・「野だ」（野だいこ）などの「異人」たちの、何という百鬼夜行。

漱石は、さらに熊本（当時の九州の文化的中心地）にあった五高の教授となった。都から遠ざかる旅が、なおも続いたことになる。この時期に、中根鏡子と結婚。長女も誕生した。ちなみに、ライバルの森鷗外が娘たちに茉莉《まり》・杏奴《あんぬ》などというモダンな名前を付けたのと違って、漱石は筆子・恒子《つねこ》・栄子・愛子・ひな子などという平凡な名前を付けている。いかにも、漱石らしい。『徒然草《つれづれぐさ》』にも、あるではないか。「珍しい趣向の名前をつけるのは、よくないことだ」、と。作家になってからも小説のタイトルに無頓着《むとんちゃく》だったのは、漱石の抜きがたい性格だろう。

五高の教え子の中には、後に物理学者・エッセイストとして大活躍する寺田寅彦《とらひこ》もいた。この頃は、俳句三昧《ざんまい》の日々だったようだ。ただし、鏡子夫人はヒステリーの発作を起こすようになり、神経を病む夫とは「似たもの夫婦」だった。彼女は川に飛び込み、漁師に助けられたこともあった。これは、まさに昔話「鉢かずき」などのパターンである。家庭の中に自分の居場所を発見できない女性が「入水《じゆすい》」する。しかし、死にきれずに助けられる。『源氏物語』の最後のヒロインの浮舟《うきふね》もそうだし、漱石が後に書いた『草枕』でも入水することを期待される那美《なみ》という不幸な女性が登場する。鏡子夫人も、きっと何かに苦しんでいたのだろう。

ここでまた文豪対決として、森鷗外と比較してみる。鷗外も小倉に左遷《させん》され、大きな貴種流離譚の体験をしている。彼の二人目の妻・しげ夫人は、姑《しゆうとめ》との仲が悪くヒステリーを起こし、鷗外を苦しめたという。鷗外の小説『半日』にはその発作の詳細な描写があり、しげ夫人はその小説を『鷗外全集』に収録するのに猛反対したというエピソードが残っている。

さて、ぼくらの漱石先生である。ここで普通の「貴種流離譚」ならば、どん底でもがいているうちに奇跡的に最大の試練を乗り越え、主人公は妻子を引き連れて意気揚々と都に凱旋《がいせん》し、帝国大学教授などに昇進し、豪華な邸宅を構え、名声を確立するという「お約束」になる。ところが、漱石はさらに都（東京）から遠ざかり、何とイギリスのロンドンへの単身での留学を命じられた。時に、三三歳。

しかも、鏡子夫人は、二番目の子どもをお腹《なか》に宿していた。わが子を宿した妻を残して、遠い異国の地へと旅立つ漱石。どことなく、悲愴《ひそう》であり、ものがなしい。一ノ谷の合戦で若い命を散らした平敦盛《あつもり》は『平家物語』で有名だが、木曾義仲《きそよしなか》に追われて都落ちした時に、わが子をみごもった妻を残したという。漱石の留学は、決して「外遊」気分ではなくて、出征のような決死の覚悟でなされたものだった。その未来に待っているのは、旅立った漱石の悲劇なのか、後に残った妻子の悲哀なのか。

【留学は楽しいか】

現在でも、外国留学は若者の憧《あこが》れである。ただし、航空機の発達と、若者の経済力の向上のおかげで、少し努力すれば誰にも手に入る現実的な憧れである。ところが、明治の若者にとって、国家の未来を切り開く留学は、非現実的な「夢」であり、ある場合には「重圧」だった。奈良時代や平安時代の遣隋使《けんずいし》・遣唐使の昔から、選ばれたエリートが大陸へ生命の危険を冒して渡り、先進国の文明を移入してきた。明治の若者が「渡欧」するのは、片道二か月を要し、熱暑の赤道を何度も超える命がけの長旅なのだった。

なぜ、そこまでして人は留学するのか。ぼくらの生きる現実世界には、幸福をもたらす宝物はない、と考えられてきたからである。だから、どうしても「もう一つの世界」（異界）から宝物を移植しなくてはならない。それには、異界から異人を招いて宝物を分けてもらう方法と、ぼくらの方で異界まで出かけていって宝物を勝ち取って凱旋するという方法の二つがあった。学問の世界では、向こうから来てもらう外国人教師の招聘《しょうへい》と、こちらから出かけてゆく日本人学生の留学である。

漱石は英語研究のためにイギリスへ、森鷗外は医学研究のためにドイツへ、それぞれ派遣された。鷗外は、勉学と遊びを両立できるタイプだったようで、研究のかたわらでいろいろと楽しんでいる。『舞姫』に書かれているように、鷗外は外国人女性にもてる日本人男性だった。一方、ぼくらの漱石先生は、もてない（もてようとも思わない）マジメ人間だった。ロンドンでの生活費と本の値段の高さに苦しみつつ、文学研究に励んだ二年間だった。浮いた噂《うわさ》の一つもなく、下宿に閉じこもって読書に没頭し、ついには神経衰弱をこじらせて「発狂した」という噂まで流れてしまった。

明治三三年九月に横浜を出航して、三五年一二月にロンドンを離れた。足かけ三年間（正味二年間ちょっと）のイギリス滞在だった。海神宮を訪ねた神話の山幸彦も、竜宮城に招待された昔話の浦島太郎も、須磨《すま》・明石《あかし》をさすらった『源氏物語』の光源氏も、すべて「三年間」の異界への旅を経験している。これはおそらく、足かけ三年という意味だろう。

山幸彦は「シオミツ玉・シオヒル玉」を、浦島太郎は「玉手箱」を、光源氏は「権力」を、異界から持ち帰った。ぼくらの漱石先生は、生涯で最も不愉快な（正味）二年間の記憶と失望を胸に帰国した。

でも、漱石は、宝物を日本に持ち帰ることに失敗したのではない。彼が持ち帰ったものは、ガラクタだったのでもない。彼が砂を噛《か》むような気持ちで持ち帰った「失望」と「絶望」は、日本社会に「近代文学」という巨大な宝物を根づかせるための貴重な種だった。

今の日本にも、ヨーロッパにも、居場所のない自分。松山への旅立ちから始まった青春期の貴種流離譚の長旅。それをやっとのことで終えた三六歳の中年男は、その現実と向かい合う。

帰国した漱石は、荒れはてた屋敷で貧乏と戦いながら夫の帰国を待っていた妻子と対面する。『源氏物語』なら、末摘花《すえつむはな》が荒廃した屋敷で光源氏の訪れを待ちつづけるハッピー・エンド、上田秋成の『雨月物語』なら、夫の帰りを待ちきれずに死去した妻の亡霊が出現する「浅茅が宿《あさじやど》」のバッド・エンドのような感じ。漱石の場合は、生きて再会できた点ではハッピー・エンドだが、歓《よろこ》びがさほどでもなかった点ではバッド・エンド。悲劇でも喜劇でもない。それが、漱石にとっての現実だった。感動も絶望もないのが、ぼくらの世界の本来の姿なのだ。漱石が留守にしていた間に、次女の恒子が生まれていた。恒子は、突然目の前に現れた「父」に、なつかなかったという。

　ただし、留学期間中に親友の正岡子規が病死したのは、痛恨のきわみだっただろう。でも、子規は漱石の心の中ではいつまでも死なずに、生きていた。『こころ』のKが、死んだ後でも「先生」の心の中に生きていたように。漱石は心の中で死んだ子規と魂の会話をかわしつつ、子規に励まされ、小説家への道を進んでいったのではないか。漱石が初めて小説に筆を染《そ》めたのが、子規の弟子・高浜虚子《きょし》のすすめだったのは決して偶然ではない。

【二股《ふたまた》生活ができる人と、できない人】

　これまで何度も漱石と鷗外を比べてきたが、留学から帰国した後のライフ・スタイルも対照的だ。鷗外は、陸軍の軍医総監の地位に登り詰め、官僚（公務員）としての職務を全うした。しかも、膨大な著作を残すことに成功した。むろん、口述筆記したり、睡眠時間を減らすなどの工夫はあったのだが。それに対して、ぼくらの漱石先生は、せっかく就任した「一高講師」「東京帝国大学講師」という地位を捨てて、小説家一筋に生きる決心をすることになった。

鷗外は、何人もの女性と交際することができたし、勉強（仕事）と遊び（恋愛）を両立できた。漱石は、クソまじめすぎて、何とも生き方が下手だ。二股生活は、彼にはとうてい不可能だった。

この対照的な二人が、近代を代表する文豪の双璧《そうへき》となったのだから、世の中はおもしろい。しかも、帰国した漱石が住んだ文京区千駄木《せんだぎ》の家（通称「猫の家」）は、それ以前この同じ家に、鷗外も一時期住んだことがあるというのだから、歴史はおもしろすぎる。この家は、現在、愛知県犬山市の明治村に移築されている。

漱石が東京帝国大学講師になったのは、『怪談』で有名なラフカディオ・ハーン（小泉八雲）の後任としてだった。ヨーロッパの難解な象徴詩を美しい日本語に置きかえた『海潮音』の訳者の上田敏《びん》も、同時に講師となった。二人のライバルは「教授」の地位をめぐって激しいレースを展開するが、「教授」昇進の内示をもらったのは漱石だった。上田は京都帝国大学教授となったが、寿命を縮めた（四二歳で死去）。漱石は、学界の出世レースに勝った。彼は、長く苦しい旅の後に、やっと「高い地位」を手にした。一応の成功者となったのだ。しかし、すべてに満足できない漱石は、せっかくの内示をことわってしまう。

【やっと小説の筆を取る】

持病である神経衰弱の治療のために、ロンドン留学中は自転車に乗るトレーニングをした。いわゆる「体を動かすスポーツに熱中して、青春の悩みを発散させる」という考え方であろう。少しは効果があったかもしれないが、根本的な治癒にはならない。というのは、この時期の漱石の病は、肉体的なものではなく、心の奥底に巣くっていたからだ。どこが悪いというわけではないのに、むしょうに気分がすぐれない。これは、とてもタチの悪い病気だ。

正岡子規の没後、彼の俳句革新の志を継いで「ホトトギス」を主宰していた高浜虚子が、漱石に軽いノリの文章を書くことを強くすすめた。気分転換をはかれ、というアドバイスだ。これが、漱石の小説家としての第一歩となった。「ホトトギス」に『吾輩は猫である』が発表されたのが、明治三八年一月。満三八歳の年のこと。

生き方の不器用な漱石は「二股生活」のできないタイプだったが、俳句や漢詩（さらには絵画）に関しては興味を示していた。日常生活をまじめに生きることと、俳句の世界に心を解き放って遊ぶこととの「両立」だけは、かろうじて彼にも可能だった。そこに、高浜虚子は目を付けた。俳人としての虚子も偉大だが、編集者としても慧眼《けいがん》だった。

それにしても、三八歳とは！　いかにも、遅すぎる。ふつうの小説家なら、時代の雰囲気を敏感に嗅《か》ぎ取ったフレッシュでユニークな文体で颯爽《さっそう》と文壇にデビューし、未来を切り開く思想をマニフェストしたいという「野心」を、もっと若くして持つはずだ。実際に、明治の小説家のほとんどは早熟である。そして、その多くは若死にしている。漱石と同じ年に生まれた尾崎紅葉は、「である」という独創的な文体を確立し、なおかつ『金色夜叉《こんじきやしゃ》』というベストセラーを残して、明治三六年に満三五歳で世を去っている。

漱石は、野心からではなく、気晴らしのために筆を取った。だから、『吾輩は猫である』は、軽いタッチの仕上がりとなった。長編第二作の『坊っちゃん』も、「ホトトギス」に掲載された。これも、軽快なノリ。すでに若くない年で、漱石は「大人である自分のために」小説を書き始めた。だから、「大人の読み物」となった。子どもが読んで楽しむのは、むずかしいかもしれない。でも、漱石は大いに遊んでいる。遊んで筆を走らせている時には、童心に返っている。そこに、若い読者も『猫』を楽しめる道が開けている。

それにしても、吾輩は猫である！「吾輩」という威張りくさった言葉、「である」という耳新しい日本語。それを操るのが、見栄《みば》えのよくない捨て猫というミスマッチが楽しい。当時、『吾輩は犬である』など、このタイトルのパロディが続出したそうだが、皆さんも一つ挑戦してみてはいかが。現代日本を笑いの対象とするためには、誰の（何の）視点を借りたら有効だろうか。『吾輩は帰国子女である』『吾輩は千円札である』『吾輩はケータイである』など、いくらでも思いつく。こんなにモノマネができるのは、それだけ漱石の『吾輩は猫である』が独創的だったから。

『猫』には、「苦沙弥《くしゃみ》先生」という中学教師、「迷亭」という口達者な美学者、「寒月」という若い知識人たちが登場し、カンカンガクガクのはてしない議論を繰り広げる。大まじめであればあるほど、猫の耳には滑稽《こっけい》に聞こえる。「寒月」は、寺田寅彦などの漱石の教え子たちをイメージしたものだろう。「苦沙弥先生」のモデルが漱石本人であることは明らかだが、「迷亭」も漱石の分身。一つの小説の中に何人もの「自分」を登場させ、彼らに思う存分語らせ、その滑稽さを徹底的に笑いのめす。これで、自分を苦しめている「心の病」が退治できるのであれば、申し分のない治療法だったことになる。それが、近代日本社会の病の治療になっていれば、なおすばらしい。

ストーリーだけが小説の面白さではなくて、「文明批評」にも醍醐味《だいごみ》があることを、『猫』の痛快さは教えてくれる。もしかしたら、この点が行き詰まってしまった「現代日本文学」の治療薬になるかもしれない。漱石文学は永遠の指針である。北極星にたとえてもよいだろう。愛弟子《まなでし》の芥川龍之介《あくたがわりゅうのすけ》は、自伝小説『或阿呆《あるあほう》の一生』の中で、漱石を星にたとえている（「空には丁度《ちょうど》彼の真上に星が一つ輝いていた」）。

『坊っちゃん』は、松山での体験をベースにしたもの。漱石の「貴種流離譚《りゅうりたん》」の体験は、無駄にならなかった。転んでもただで起きないタフさがある。「赤シャツ退治」は「鬼退治」のようにさわやかだ。ただし、昔から言われることだが、「敵を深く切れば、今度は返す刀で自分が切られる」ことになる。イヤミたっぷりの赤シャツにも、どこか漱石本人の性格と似ているところがある。

他人をめった切りする文章を書いているうちに、「こんな偉そうなことを言ったり書いたりしている俺は、どうなのか」という疑問が、漱石の心に湧《わ》いてくる。だから、自分の心の中の嫌な部分や情けない部分を切り出しては、苦沙弥先生や赤シャツとして笑い飛ばし、コテンパンにやっつけてしまう。でも、「水戸黄門」や「ウルトラマン」のように、次から次へと嫌なキャラクターを作らないと職業小説家にはなれない。

しかも、その嫌なヤツは、自分自身の心の中から見つけて来なければならない。こうなると、もう気晴らしどころではなくて、気苦労の種だ。漱石の神経衰弱は、いよいよ悪化したことだろう。

【北極星の光が増してくる】

漱石という人は、本質的にマジメ人間だった。彼は、大学生の頃に英語で書いたエッセイの中で、天才や才子の書いた小説ではなく、「熱狂的な小説」を高く評価している。つまり、多くの読者を獲得できないかもしれないが、人生観を熱っぽく説く「作者」と、それを読んで心から共感する「読者」の間に本当の橋が架けられる、というタイプの小説である。

「小説」に手を染めた漱石は、少しずつ若き日の理想を思い出す。そして、彼のまわりには漱石を「先生」として熱狂的に尊敬する崇拝者たちが集まってくる。これが、「漱石山脈」とか「漱石十大弟子」などと呼ばれる高弟たちである。すでに名前を出した寺田寅彦や、児童文学の先駆者・鈴木三重吉《みえきち》たちだ。けれども、漱石が自分の後継者としてぼくらに残してくれた最大の遺産は、芥川龍之介だろう。漱石が芥川の『鼻』を激賞したことは、鷗外が樋口一葉《ひぐちいちよう》の『たけくらべ』を絶賛したのと同じくらいの影響力を発揮した。

もう一人、漱石の弟子の逸材を挙げれば、幻想怪奇小説とユーモラスなエッセイとを得意とした鬼才・内田百閒《ひゃっけん》がいる。百閒は、漱石が伊豆《いず》の修善寺《しゅぜんじ》で大吐血《だいとけつ》して死にかかっている病床まで駆けつけて、借金を申し込んだ「トンデモ弟子」ではあったが。

世の中は、そんなには捨てたものではなかった。もしかしたら、漱石本人は、自分の書く作品が良心的な人生論の色彩を強めれば強めるほど、読者の数は反比例して減ってゆくと予想していたかもしれない。孤独な人生に慣れ親しんだ漱石は、自分の書いたものが多数の読者の心を揺さぶり感動させるとは、思わなかっただろう。ごく少数者の「大人」の読者しか期待していなかった漱石の作品群は、それを熱狂的に受け入れる老若男女《ろうにゃくなんにょ》の読者の出現によって、「国民文学」へと高められてゆく。

現在も、漱石ファンは多い。彼らは、人間としての漱石に魅力を感じているのだ。年配の人（男性）が、「私は漱石が大好きです。どうも恋をしているような気持ちです」と告白したのを、直《じか》に聞いた体験がある。これはむろん敬愛しているという意味だが、「作者と読者」が作り上げられる人間関係の極致だろう。本当に、うるわしい。

弟子たちは、毎週木曜日にやってきて、漱石と語り合った。「木曜会」と言う。弟子の書いたエッセイを読むと、彼らが漱石との対話を心から楽しんでいたのがわかる。

ただし、ここに女性の姿がないのを不満に思う人も、いるかもしれないが。

【大学教師の地位を捨てる】

大学教師の仕事のかたわら、『草枕《くさまくら》』『野分《のわき》』などを書いた漱石は、四〇歳の時に人生最大のターニング・ポイントを迎えた。大学を辞めて、朝日新聞社に入社する決心をしたのだ。これは、昔ならば「出家遁世《とんせい》」して「世捨て人」になることを意味する。いかにも大胆な決断である。

孤独な人間が長く苦しい旅をして、やっと中央で社会的な地位を築く。少しずつ人間関係のネットワークも、広がり始めている。一方、当時の「新聞記者」ないし「小説家」の社会的評価は、今とは段違いに低かった。しかも、東京帝国大学に留まれば、国民すべてがわけもわからず尊敬し、ありがたがる「教授」のポストも内示で約束されていたのに。

漱石にとっての大学教師の権威は、旅のあかつきに獲得したせっかくの宝物だったはずだが、「俺がほしいと願った宝物や幸せは、こんなものではなかった」という後悔の念に駆られたのだろう。世の中にはもっと別の幸せがあるし、別の宝物がどこかに眠っているのかもしれない。それは、たぶん、白紙の原稿用紙の底だ。それを、一念発起して発掘してみようじゃないか。……

一度しかない人生。ガラクタをつかんで宝物と錯覚するほど、つまらないことはない。また、そこそこの安物を宝物と後生大事に抱え込んでそこそこの人生を生きるのも、くだらない。イチかバチか、ここはすべてを捨てて、「リセット」してみることにしよう。

四〇歳は、不惑。けれども、ここから漱石は、正直に惑い始める。そして、「苦しみに満ちた老後を生き抜くためのエネルギー」をつかむ旅に出る。全国をめぐるしく遍歴したり、海外まで留学したりした青春の貴種流離譚とは違う。「書斎」にひたすら閉じこもって執筆するという、「動かざる心の旅」に出発したのだ。

この不動の居場所として選んだのが、「漱石山房」。漱石の生まれた場所からほど近い早稲田《わせだ》の地にある。ここに、死ぬまでの十年間、居を構えた漱石は、次々と名作を書いた。その「エネルギー源」を供給したのが、漱石の心の中の苦悩である。人間のエゴイズムと、社会の金銭万能主義に苦しめられた彼は、そこから目をそらさなかった。漱石山房は、まさに「苦しみの家」だった。

昔、聖徳太子は、法隆寺の夢殿という建物の中に閉じこもって寝ているうちに、魂が体から抜け出して空を飛んで中国へ渡ったと言われている。それは、楽しみの家であり、喜びの家だったことだろう。でも、早稲田の漱石山房に閉じこもった漱石は、本郷で『猫』や『坊っちゃん』を楽しんですらすら書いていた時とは一転して、苦しみながら一字一字をやっとのことでしぼりだすようになる。もうこれ以上は一滴も苦しみの結晶体が出てこないという極限で小説の筆を置いても、また次の小説ではたらたらと苦しみのしずくが垂れ落ちてくる。その落下する間隔が少しずつ長くなり、また止まる。このサイクルの繰り返し。

漱石山房の書斎には、苦しみの部屋にわが身を進んで幽閉した一人の小説家の、深い嘆きがこもっている。イギリス留学中に「ロンドン塔」を訪れた漱石は、そこに強制的に幽閉された政治犯たちの狂気と憎悪《ぞうお》と怨念《おんねん》の叫び声を聞き取っている。漱石山房は、彼のロンドン塔だったのかもしれない。

木曜日を面会日にして、若い弟子たちがにぎやかに訪れてくれたのは、かすかな救いだった。ロンドン塔（刑務所）のたとえが不適切ならば、漱石山房は「病院」だったのかもしれない。「近代病」や「エゴイズム病」などという治療方法の見つからない難病が、社会に蔓延《まんえん》している。漱石は、その病原菌を「小説」というフラスコの中で純粋培養して、自分自身にも接種する。そして、自分を苦しめつつ、治療薬の開発に挑んだ。まさに、書斎は、大学病院の研究室だった。

どうでもよいことだが、漱石山房はかなり広かったが、借地・借家だった。鷗外は、地方（石見《いわみ》の国の津和野）から東京に出てきた町医者の長男だった（明治以前は藩の御典医だったが）。だから、堅実な経済観念をもっていた。鷗外は、千駄木に観潮楼という立派な書斎を構えたが、こちらはしっかり土地を買い取っている。江戸っ子の漱石は、所有欲にとらわれず、一生を借家で通した。この対比も、おもしろい。

両文豪の対比といえば、朝日新聞入社の直前、総理大臣として政界に君臨している西園寺《さいおんじ》公望《きんもち》からの「雨声会」への招待を、漱石はきっぱりと固辞している。鷗外や露伴、そして泉鏡花たちは出席した。それだけでなく、鷗外は長州閥のリーダーだった山県有朋《やまがたありとも》にも急接近した。鷗外は、男爵《だんしやく》の爵位を望んでいたらしい（昼ドラで話題となった『真珠夫人』のヒロインも、「男爵」令嬢だった）。そして、医学博士だけでなく、文学博士の称号ももらっている。一方の漱石は、文学博士の授与を意固地なまでに断っている。どちらが立派かとか、どちらが人間として正直かという問題ではない。性格が違うのだ。でも、鳥の両翼のように、互いに互いを必要としている関係でもある。この二人の不思議なライバル関係は、死ぬまで続く。

冒頭で、幸田露伴と同じくらいに長生きして、漱石には戦後まで生きてほしかったと書いた。露伴は昭和一二年に、栄《は》えある第一回目の文化勲章をもらっている。でも、漱石がたとえ昭和まで生きたとしても、文化勲章もきっと辞退しただろう。漱石は、とてつもない頑固者だった。ノーベル賞なら、どうだろう。

【漱石というペンネーム】

本名の夏目金之助よりも、夏目漱石というペンネームが有名なので、この「評伝」でもずっと漱石という呼び方を使ってきた。このペンネームは、「漱石枕流《ちんりゅう》」という四字熟語から付けられている。

「漱」は、「嗽」（＝うがい）という字と似ている。水で口をすすぐこと。でも、石で口をすすげるはずがない。石に枕し、流れにくちすすぐという意味の「枕石漱流」ならば意味が通る。でも、「漱石枕流」と言い間違えた人が、「石で歯を磨き、流れの水で耳を洗うという意味だ」と無理な反論を試みた。このことから、「こじつける人」とか「頑固なまでに自分の非を認めない人」という意味になった。

夏目漱石。これは、聖人君子のイメージではなく、ユーモアを含んだペンネームだった。俳人としては、ぴったり。ちなみに、このペンネームは、正岡子規と知り合った学生時代からすでに使っていた。小説で一途《いちず》にエゴイズムと三角関係を追究しつづけ、頑固にその他のモチーフの小説を書こうとしなかった態度にもふさわしい。

【職業作家に生まれ変わる】

朝日新聞の記者として、年に一度、百回程度連載の長編小説を書けば、月給二百円を支給すると約束された漱石。彼は、長編小説を書くという契約を誠実に守っている。それだけ、苦しみのしずくが採集できたということだ。

一年目（明治四〇年）　『虞美人草《ぐびじんそう》』
二年目（明治四一年）　『坑夫《こうふ》』『三四郎』
三年目（明治四二年）　『それから』
四年目（明治四三年）　『門』
五年目（明治四四年）
六年目（明治四五年・大正元年）　『彼岸過迄《ひがんすぎまで》』『行人《こうじん》』（前半）
七年目（大正二年）　『行人』（後半）
八年目（大正三年）　『こころ』
九年目（大正四年）　『道草』
十年目（大正五年）　『明暗』　この年の一二月九日に死去。

入社五年目が空白だが、この年に朝日新聞ともめ事を起こしている。入社三年目に、漱石が中心となって新しく作った「文芸欄」が、この年に廃止されたので、辞表を提出したのだ。この文芸欄は、漱石の弟子たちが勝手に私物化する傾向が見られたために、廃止されたのだとも言う。そうならば、漱石は部下の不始末の責任を取ろうとしたことになる。新聞社から説得された漱石が辞表を撤回してくれたので、ぼくらは名作『こころ』が読める。本当に危ないところだった。この空白を補おうとして、入社六年目に、長編を二つも書こうとしているのが、何とも律儀《りちぎ》である。この性格が、病気を悪化させた。

漱石の十年間ぴったりの職業作家生活は、病気との闘いの歴史だった。神経衰弱を癒《いや》すために楽しい『吾輩は猫である』や『坊っちゃん』を書いてみたものの、やはり漱石は小説では「遊べない」性格の人だった。小説を書くことで、自分をどんどん追いつめてゆく漱石は、早くも入社一年目から胃病に苦しむようになり、入社四年目には有名な「修善寺の大患」で危篤《きとく》状態に陥った。入社五年目には痔《じ》にもなった。この胃と痔のために、入院と手術を何度も繰り返している。最後の年には、糖尿病だと診断されてしまった。

大学教授という宝物を捨てて、文学という本当の宝物を自分の手につかみ取ろうとした漱石。その文学に本気で取り組もうとしたら、「健康」や「寿命」という大切な宝物を犠牲にしなければ、「本当に自分が書きたい小説」を書けないというジレンマに直面してしまった。漱石は、かけがえのないものを次々に捨て、自分の心と日本社会の奥底へずんずんと入り込んでゆく。

すべての幸せを放棄してまで、つかみ取ろうとした「自分」や「日本」の本当の姿。もし、それが醜い「エゴイズム」のかたまりであったとしたら、その衝撃に人は果たして耐えられるものだろうか。

書くことは、苦しい。ちょうど、誠実に生きようとする人が、必ず苦しまねばならぬように。その苦しみを「十年間」もじっと我慢したのだから、漱石の気力はものすごく強かったのだろう。漱石は、何かを待ちながら十年間の荊《いばら》の日々に耐えていたのかもしれない。では、何が来るのを待ち望んでいたのだろうか。それがわかるには、この十年間に彼が残した名作群をじっくり読み込むしかないだろう。

もし、天が漱石に八〇歳の寿命を与えていたら、彼はあと三〇年間、じっと何かの訪れを待ち続けたことだろう。「悟り」を？　それとも「あきらめ」を？　あるいは「安らかな死」を？

【漱石文学の門をくぐろう】

この「評伝」では、夏目漱石の人生をたどっている。彼は、なぜ小説家になったのか。そして、何を求めていたのか。その秘密に迫ったつもりである。でも、書いた人の思いがよくわかったとしても、実際に作品を読まないことには、本当に作者が訴えたかったことは理解できない。

皆さんは、この文庫本についている「漱石作品ナビ」を参考にしながら、ぜひとも漱石の作品群を手に取り、実際にその中に分け入っていただきたい。漱石は、どこまでもマジメな求道者《ぐどうしゃ》だった。「知的なバガボンド」と言ってもよい。宮本武蔵《むさし》は、あくなき向上心に燃えて、好敵手と決闘を繰り返して成長してゆく。漱石は、人の世の真実を知りたいという「心の渇き」を癒すために、自分自身の心と戦い、苦しみながらもいくつもの「地獄門」をくぐって、「人間の心の奥底」にまで到達しようとした。まさに、巡礼者である。

ぼくらも、漱石文学の巡礼者になろうではないか。そうすると、きっと小説を読んでいる時に、漱石の肉声が行間から聞こえてくるだろう。それは、言葉にならないうめき声かもしれないし、はっきりした読者へのアドバイスかもしれない。それが何冊目に読むどの作品であるかは、漱石文学を求めるぼくらの「心の渇き」の大きさによって違ってくる。

【エッセイスト、評論家として】

漱石の時代の文学者は、紀行文を書くことは多かったが、あまり「身辺雑記」的なエッセイを書かなかった。あっても、現代風の軽いタッチのものではなく、小説風なので「小品」と呼ばれる。その名も『永日小品』をはじめ、『硝子戸《ガラスど》の中《うち》』や『文鳥』などは、しみじみとした小品である。

漱石にも、紀行文はある。でも、『坊っちゃん』の松山、『草枕』の熊本・小天《おあま》温泉、『虞美人草』の京都・嵐山《あらしやま》、『行人』の和歌山や伊豆など、小説の中に描かれた「旅」の方が、『満韓ところどころ』などの紀行文よりも、ずっと奥行きがある。東京大学の本郷キャンパスにある池も、『三四郎』の中の描写の方が印象的だ。

漱石は、もともと英文学者だったので学究肌だが、ジャーナリスティックな問題喚起力にも優れていた。急ピッチで発展途上にあった日本を、「亡《ほろ》びるね」と言ってのけた『三四郎』の広田先生の言葉は、漱石の評論家的素質をよく示している。講演にも、すぐれていた。『現代日本の開化』など、今でも通用するほど現代的であり、かつアジテーショナルだ。

漱石に心酔する愛読者が絶えないのは、彼の作品が百年も前に「日本文化と日本人の致命的欠陥」を鋭く言い当てていたからだろう。その欠陥は、百年後の今でも、まだ改まっていない。巨視的な文明批評の魅力。すなわち、評論を内在した小説のおもしろさ。それが、漱石文学の魅力の一つだ。

【画家としても、一流】

俳人として、漱石は一流だった。俳句の特徴は、わずか一七文字（一七音）で、小さくても一つの宇宙を作ってしまえること。大きな宇宙や天地が縮小されて、小さな壺《つぼ》のような「俳句」の中にすっぽり収納される。

俳句を楽しんでいる時の漱石は、てのひらに乗るくらいまで小さくなった「天地＝乾坤《けんこん》」を見おろす宇宙の創造主である。とても大きな存在だ。まるで盆栽のような世界をいじり、自由に作り変えることができる。宇宙にいくつもの銀河系があるように、漱石も「自分が苦しんでいる、そして自分を苦しめている今の世界は、こんなにも小さい」と感じたことだろう。

この余裕が、精神衰弱と胃病で苦しむ漱石の癒しになる。そして、俳句の小天地を眺めていたはずの「創造主＝漱石」が、いつのまにか「壺中《こちゅう》の天《てん》」の中に吸い込まれて、さらに小さな宇宙の中の点景の一つになってゆく。

菫《すみれ》程な小さき人に生まれたし　　漱石

小説の作者（創造主）が作中世界に入っていって、登場人物の一人として苦しむのはシンドイ。けれども、ゆったりとした俳句の小宇宙（別乾坤）の中に入るのは、ヒーリングそのもの。

俳句と並んで漱石が愛したのが、「南画」を描くことだった。南画は文人画とも言うが、あまりうまく見えすぎてもよくないという、不思議な芸術だ。むろん、下手ではいけないが、技巧的であっては逆効果。

漱石の残した南画は、いずれも心ひかれる佳作だが、「秋景山水図」は、与謝蕪村《よさぶそん》や池大雅《いけのたいが》にもヒケを取らない傑作。こういう絵を無心に見おろしていると、いつの間にか鑑賞者が絵の中の人物の一人に生まれ変わって、何も考えずに絵の中の雄大な自然を見あげていることに気づき、愕然《がくぜん》となる。

このフィーリングは、口で説明することはむずかしい。でも、もしかしたら漱石が晩年の理想とした「則天去私《そくてんきょし》」（小さな自分を去って大きな天に身をゆだねる）の心境は、こういうものかな、と何となく絵から伝わってくる。漱石の命を、毎日すり減らしている過酷な執筆ですらも、もしかしたら万年筆を動かす一瞬の中に人間の永遠の時間が封じ込められていたのかもしれない。厳しい世界であれ、愉快な世界であれ、

「自分が生きている世界、自分が生きさせられている世界」などという「自分」のカラを捨て去ることができれば、どんなにすばらしいことか。

でも、則天去私への憧《あこが》れは、どこまでもエゴイズムを捨てられない男女の姿を描く『明暗』の執筆と、根っこは同じだった。

「自分が自分でしかない哀《かな》しみ」にこだわった漱石は、「自分の輪郭」が消滅して自然と融合する最終境地を願った。それは、彼の死の瞬間に訪れたのだろうか。

【安楽椅子《いす》のお墓で眠っている？】

漱石のお墓は、雑司《ぞうし》ヶ谷《や》霊園の中にある。そういえば、『こころ』の先生も、Kの命日には雑司ヶ谷に通っていた。漱石のお墓は予想以上に大きいので、初めて訪れた人はびっくりする。加えて、何とも不思議な形をしているので、二度びっくりする。おごそかな「文豪のお墓」というイメージが、打ち砕かれる爽快《そうかい》さ。百聞は一見に如《し》かず、という。漱石のお墓は、一見をすすめたい。よく見ると、大きな安楽椅子の形なのだ！　この椅子に座って、安らかに眠ってほしいという遺族や弟子たちの祈りだろう。生きている時にはあんなに苦しんだのだから、せめて亡《な》くなったあとは楽しく過ごしてほしい、と漱石ファンは墓前で手を合わせる。

けれども、漱石先生の魂は、今でものんびりしていないのではないだろうか。昔から、「苦しむ神」という考え方がある。日本の神様は、最初から神様だったのではなく、神様に昇格する前は人間だったというのだ。人間だった時に、貧しさや病気や失恋などで、これでもかという苦しみの連続を体験する。そういう人が、臨終に際して、「自分は○○で苦しんで、つらい人生を生きてきた。死んだら、○○の神様に生まれ変わって、自分に救いを求めてくるすべての人々を助けてあげよう」と言い残す。そういう人が、神様になるのだ。確かに、生きている時に失脚して絶望にのたうちまわった菅原道真《すがわらのみちざね》は、死後に天神様という立派な神になっている。

わが国の近代が、「最初の文豪」と認めた夏目漱石。彼は、そのまま「最大の文豪」となった。日本人は、ヨーロッパの文明諸国に追いつき追い越すために、がむしゃらに近代化路線を突っ走った。機械文明と資本主義は発達したが、人間の心や魂の世界が置き去りにされてしまった。

近代化が見捨てて蹂躙《じゅうりん》した「心の世界」を、わが身に引き受けてくれる人。キリストが人間たちの罪を引き受けて十字架にはりつけになったように、近代化の弊害をどこまでも苦しんでくれる人。それが、「文豪＝苦悩する心弱き人」に与えられた役割だった。漱石は、まさにそれにぴったりだった。そして、苦悩の最大値に達して壮絶な死を遂げたことで、「文豪＝苦悩する近代人を救済する神様」へと変貌《へんぼう》した。

徳川家康は、重き荷を背負って遠い山道を歩くようにして、苦しい人生を一歩一歩生き抜いた。そして、死後は「神君家康公＝日光東照大権現《だいごんげん》」となって、二百五十年以上も子孫たちを守り続けた。漱石は、「文豪のお手本」として、その後に続く小説家たちをあたたかく見守ってくれている。今日、小説家の社会的地位が高い理由の一つに、夏目漱石の余慶があるのではないか。漱石は、文学の守護神だ。

漱石の法名（戒名）は、立派である。「文献院古道漱石居士《こじ》」。現代のIT化した高度情報社会においてすら必要な、人間の守るべき道義的精神。それが、「古道」。漱石の残した「文献＝小説」は、いつの世にも光のうすれない「古道」として、空高く照り輝きつづけることだろう。北極星のように不動の指針として。

一方、ライバルの鷗外のお墓は、三鷹の禅林寺にある。向かい側が、太宰治《だざいおさむ》のお墓。お墓には戒名も彫られておらず、そっけなく「森林太郎墓」と本名だけが記してある。漱石よりも、はるかに小さい。この文字は、中村不折《ふせつ》の書。不折は、漱石の『猫』の愉快な挿画を描いた人でもあった。不思議な縁で、漱石と鷗外はつながっている。にもかかわらず、最後の最後まで、正反対の生き方をした二人だった。

年譜

慶応三年（一八六七年）旧暦一月五日、江戸牛込馬場下横町（現新宿区喜久井町）で、父夏目小兵衛直克、母千枝の五男として生れる。本名・金之助。
慶応四年・明治元年（一八六八年）一歳　四谷の名主塩原昌之助の養子となる。
明治七年（一八七四年）七歳　十二月、公立戸田学校下等小学第八級に入学。成績優秀。
明治九年（一八七六年）九歳　塩原家在籍のまま生家に戻る。公立市谷学校下等小学第四級に転校。
明治十一年（一八七八年）十一歳　東京府立第一中学校に入学。
明治十四年（一八八一年）十四歳　一月、実母死去。
明治十六年（一八八三年）十六歳　大学予備門受験のため、神田駿河台の成立学舎に入学し英語を学ぶ。
明治十七年（一八八四年）十七歳　九月、大学予備門予科入学。同級に中村是公がいた。
明治二十一年（一八八八年）二十一歳　一月、夏目家に復籍。九月、第一高等中学校本科第一部に入学。
明治二十二年（一八八九年）二十二歳　一月、正岡子規を知る。初めて漱石の号を用いる。
明治二十三年（一八九〇年）二十三歳　九月、帝国大学文科大学英文科に入学。厭世主義に陥る。
明治二十五年（一八九二年）二十五歳　五月、東京専門学校講師に就任。夏、子規と京都、堺に遊ぶ。
明治二十六年（一八九三年）二十六歳　七月、文科大学卒業。十月、東京高等師範学校英語教師に就任。
明治二十八年（一八九五年）二十八歳　四月、愛媛県尋常中学校教諭に就任。八月、日清戦争従軍中の子規が喀血して帰国し、漱石の下宿に住む。十二月、貴族院書記官長中根重一の長女鏡子と見合いをし婚約。
明治二十九年（一八九六年）二十九歳　第五高等学校講師に就任し、熊本に赴く。中根鏡子と結婚。
明治三十二年（一八九九年）三十二歳　五月、長女筆子誕生。六月、英語主任となる。
明治三十三年（一九〇〇年）三十三歳　五月、文部省より英国留学を命ぜられる。九月、横浜から出航。
明治三十四年（一九〇一年）三十四歳　一月、留守宅で次女恒子誕生。孤独感などから神経衰弱に陥る。
明治三十五年（一九〇二年）三十五歳　九月、発狂

の噂が日本に伝わった。十二月、帰国の途につく。
明治三十六年（一九〇三年）三十六歳　四月、第一高等学校、東京帝国大学英文科の講師に就任。七月、神経衰弱が昂じ妻子と別居。十月、三女栄子誕生。
明治三十八年（一九〇五年）三十八歳　一月、『吾輩は猫である』を「ホトトギス」に発表。創作家になることを熱望する。十二月、四女愛子誕生。鈴木三重吉、森田草平、小宮山豊隆等が出入りし始める。
明治三十九年（一九〇六年）三十九歳　四月、『坊っちゃん』を「ホトトギス」に発表。胃カタルに苦しむ。九月、『草枕』を「新小説」に発表。十月、面会日を木曜と定めた。いわゆる〝木曜会〟の始まり。
明治四十年（一九〇七年）四十歳　四月、一切の教職を辞し、朝日新聞社に入社。六月より『虞美人草』を「朝日新聞」に連載（以下、連載は「朝日新聞」）。長男純一誕生。九月、胃病に悩み始める。
明治四十一年（一九〇八年）四十一歳　一月より『坑夫』、七・八月『夢十夜』、九月より『三四郎』を連載。十二月、次男伸六誕生。
明治四十二年（一九〇九年）四十二歳　六月、『それから』を連載。九月から十月、満州、朝鮮を旅行。
明治四十三年（一九一〇年）四十三歳　三月より『門』を連載。五女ひな子誕生。六月より胃潰瘍で入院。八月、転地療養にでかけた静岡県修善寺温泉で病状悪化し、多量の吐血をして人事不省に陥る。
明治四十四年（一九一一年）四十四歳　二月、文学博士号を贈られたが固辞。八月、旅先で胃潰瘍が再発。九月、痔に罹り手術。十一月、五女ひな子死去。
明治四十五年・大正元年（一九一二年）四十五歳　一月より『彼岸過迄』を連載。九月、痔の再手術を受ける。十二月より、『行人』を連載。
大正二年（一九一三年）四十六歳　一月、強度の神経衰弱に悩まされる。三月、胃潰瘍が再発し病臥。
大正三年（一九一四年）四十七歳　四月より『こころ』を連載。九月、四たび胃潰瘍で病臥。
大正四年（一九一五年）四十八歳　一月よりエッセイ『硝子戸の中』を連載。三月、京都に遊ぶ途中五度目の胃潰瘍で倒れる。六月より『道草』を連載。十二月、芥川龍之介、久米正雄等が木曜会に参加。
大正五年（一九一六年）四十九歳　一月、リューマチに悩まされ湯河原温泉で療養。五月より『明暗』を連載。十一月、胃潰瘍で病臥。十二月九日死去。

文《ぶん》豪《ごう》ナビ 夏《なつ》目《め》漱《そう》石《せき》

新潮文庫　な－1－0

平成十六年十一月一日発行
平成二十八年十一月十日十六刷

編者　新《しん》潮《ちょう》文《ぶん》庫《こ》

発行者　佐藤隆信

発行所　株式会社新潮社

郵便番号　一六二―八七一一
東京都新宿区矢来町七一
電話　編集部(〇三)三二六六―五四四〇
　　　読者係(〇三)三二六六―五一一一
http://www.shinchosha.co.jp

価格はカバーに表示してあります。

乱丁・落丁本は、ご面倒ですが小社読者係宛ご送付ください。送料小社負担にてお取替えいたします。

ＤＴＰ組版製版・株式会社ゾーン
印刷・株式会社光邦　製本・憲専堂製本株式会社

ISBN978-4-10-101000-7 C0195